La increíble historia de...

M

David Walliams

La increíble historia de...

LA GRAN
FUGA
DEL ABUELO

Ilustraciones de
Tony Ross

Traducción de
Rita da Costa

montena

Papel certificado por el Forest Stewardship Council®

MIXTO
Papel procedente de
fuentes responsables
FSC® C117695

Penguin
Random House
Grupo Editorial

Título original: *Grandpa's Great Escape*

Tercera edición: diciembre de 2016
Novena reimpresión: enero de 2023

Publicado originalmente en el Reino Unido por HarperCollins Children's Books,
una división de HarperCollins Publishers Ltd.

Printed in Spain – Impreso en España

ISBN: 978-84-9043-577-9
Depósito legal: B-3.507-2016

Compuesto en Compaginem Llibres, S. L.
Impreso en Limpergraf
Barberà del Vallès (Barcelona)

GT 3 5 7 7 E

Este libro está dedicado a Sam y Phoebe,
que casi siempre se portan bien.
Con cariño,
David

Deseo dar las gracias en especial a Charlotte Sluter y Laura Clouting, del Museo de Guerra Imperial; a Tim Granshaw, Matt Jones, Andy Annabel y Gerry Jones, del Goodwood Aerodrome, y también a John Nichol, asesor de la RAF

Esta es la historia de un chico
llamado Jack y su abuelo.

Hace mucho, mucho tiempo, el abuelo era piloto de la Royal Air Force, el Ejército del Aire británico, más conocido como RAF.

Durante la Segunda Guerra Mundial, pilotó un avión de combate Spitfire.

Nuestra historia tiene lugar en 1983, cuando aún no había internet, ni teléfonos móviles, ni videojuegos de esos que te tienen enganchado durante semanas. En 1983 el abuelo ya era un hombre mayor, pero su nieto Jack solo tenía doce años.

Estos son los padres de Jack. Su madre, Barbara,
trabaja en la sección de quesos de un supermercado.
Su padre, Barry, es contable.

Raj es el quiosquero
del pueblo.

La señorita Verídica
es la profesora de historia
de la escuela de Jack.

Los detectives Tonelete
y Pocachicha combaten
el crimen a dúo.

Este de aquí es el párroco
del pueblo, el reverendo Porcino.

Este guardia de seguridad trabaja en el Museo
de Guerra Imperial, que está en Londres.

La señorita Gorrina es la directora de la residencia de ancianos del pueblo, Torres Tenebrosas.

La señora Torrija, el capitán y el contraalmirante
son algunos de los ancianos que residen allí.

He aquí algunas de las enfermeras que trabajan en **Torres Tenebrosas**: la enfermera Rosa, la enfermera Margarita y la enfermera Hortensia.

Y esto de aquí es Torres Tenebrosas.

Torres Tenebrosas
Nos encargamos de vuestros
mayores (problemas)

He aquí el pueblo de Jack.

Iglesia

Plaza del pueblo

Estación de tren

Prólogo

Un buen día, el abuelo empezó a olvidarse de las cosas. Al principio eran detalles sin importancia. Se preparaba una taza de té y no se acordaba de tomarlo, hasta que había doce tazas de té frío alineadas sobre la mesa de la cocina. O abría los grifos de la bañera para darse un baño y se olvidaba de cerrarlos, con lo que provocaba una inundación a los vecinos de abajo. O salía de casa con la intención de comprar un sello y volvía con diecisiete cajas de cereales para el desayuno. Y eso que ni siquiera le gustaban los cereales.

Con el tiempo, el abuelo empezó a olvidar cosas más importantes. Qué año era. Si su esposa Peggy, que había muerto hacía muchos años, seguía viva o no. Un día, hasta dejó de reconocer a su propio hijo.

Lo más desconcertante de todo era que el abuelo había olvidado por completo que era un anciano. Siempre había compartido con su nieto Jack las aventuras que había vivido como piloto de aviones de combate durante la Segunda Guerra Mundial, muchos años atrás, y con el tiempo esas historias se habían ido haciendo cada vez más reales para él. De hecho, en lugar de limitarse a contarlas, empezó a revivirlas. El presente se fue difuminando en un borroso blanco y negro, mientras el pasado irrumpía a todo color en su vida. Daba igual dónde se hallara el abuelo, qué estuviera haciendo o con quién estuviese. En su mente, seguía siendo un joven y apuesto piloto a los mandos de su Spitfire.

A todas las personas que lo conocían les resultaba difícil entender la actitud del abuelo.

A todas, excepto a una.

Su nieto Jack.

Como a todos los niños, le encantaba jugar, y tenía la sensación de que el abuelo siempre estaba jugando.

Jack comprendió que lo único que había que hacer era seguirle el juego.

PRIMERA PARTE

PROA AL CIELO

1

Fiambre de cerdo
sobre lecho de natillas

Jack se lo pasaba bomba jugando a solas en su habitación. Era un chico tímido por naturaleza y no tenía demasiados amigos. En lugar de pasar el rato chutando una pelota en el parque con sus compañeros de clase, se quedaba en casa montando su preciada colección de maquetas de aviones. Sus preferidos eran los de la Segunda Guerra Mundial: el bombardero Lancaster, el Hurricane y, por supuesto, el avión que había pilotado su abuelo, el legendario Spitfire. Del bando nazi, tenía maquetas del bombardero Dornier, el Junkers y el letal archienemigo del Spitfire, el Messerschmitt.

Jack pintaba sus maquetas de aviones con mucho cuidado y luego las colgaba del techo con hilo de pescar. Suspendidos en el aire, aquellos aparatos parecían enfrentarse en un combate a muerte. Por las noches, Jack se los quedaba mirando desde la litera y se dormía soñando que era un as de la aviación, tal como lo había sido su abuelo, cuya foto conservaba junto a la cama. En esa vieja instantánea en blanco y negro, el abuelo era un hombre joven. Se la habían hecho en algún momento del año 1940, en el punto álgido de la batalla de Inglaterra, y posaba orgulloso con su uniforme de aviador.

En sus sueños, Jack volaba Hasta el cielo y más allá, tal como había hecho el abuelo. El chico habría dado cuanto tenía, todo su pasado y todo su futuro, por un solo instante a los mandos del legendario Spitfire.

En sus sueños era un héroe capaz de grandes proezas.

En la vida real, se sentía como un cero a la izquierda.

El problema era que cada día era idéntico al anterior. Todas las mañanas iba a la escuela, todas las tardes se ponía a hacer los deberes y todas las noches cenaba delante de la tele. ¡Si por lo menos no fuera tan tímido! ¡Si por lo menos tuviera más amigos! Si por lo menos pudiera dejar atrás su aburrida existencia...

El mejor momento de la semana para Jack era el domingo, pues sus padres lo llevaban a pasar el día con el abuelo. Antes de que se le fuera del todo la cabeza, el anciano y él solían hacer excursiones inolvidables. El Museo de Guerra Imperial era el lugar que más les gustaba visitar. Estaba en Londres, no muy lejos del pueblo donde vivían, y albergaba un sinfín de reliquias militares que eran un auténtico tesoro. Abuelo y nieto se quedaban mirando fascinados los viejos aviones de combate que colgaban del techo en el gran salón del museo. Su preferido de todos los tiempos era, por supuesto, el invencible Spitfire. Siempre que el abuelo lo veía, acudían a su mente recuerdos de la guerra. Entonces compartía aquellas historias con su nieto, que se quedaba embelesado con todas y cada una de sus palabras. Durante el largo trayecto en autobús de vuelta a casa, Jack lo acribillaba a preguntas...

«¿Cuál es la máxima velocidad que alcanzaste con el Spitfire?»

«¿Alguna vez tuviste que lanzarte en paracaídas?»

«¿Cuál es el mejor avión de combate?, ¿el Spitfire o el Messerschmitt?»

Al abuelo le encantaba contestar a sus preguntas.

A menudo, un enjambre de niños se reunía alrededor del anciano en el piso superior del autobús para escuchar aquellas increíbles historias.

—Fue durante el verano de 1940 —empezaba el abuelo—. En lo más crudo de la batalla de Inglaterra. Una noche, me encontré sobrevolando el canal de la Mancha a bordo de mi Spitfire. Me había quedado atrás respecto al resto del escuadrón porque mi avión había sido alcanzado por el enemigo y tenía serias dificultades para volver a la base militar. Fue entonces cuando oí una ráfaga de ametralladora a mi espalda. ¡RA-TA-TÁ! ¡Era un Messerschmitt de los nazis, y me pisaba los talones! ¡RA-TA-TÁ!, oí de nuevo. Estábamos los dos solos sobre el mar. Esa noche nos enfrentaríamos en una lucha sin cuartel...

El abuelo disfrutaba de aquellos momentos, pues nada le gustaba más que compartir sus aventuras como piloto en la Segunda Guerra Mundial. Jack lo escuchaba con mucha atención, fascinado por cada

pequeño detalle. Con el tiempo, el chico se convirtió en poco menos que un experto en aquellos viejos aviones de combate. El abuelo solía decirle que algún día llegaría a ser un gran piloto, y esas palabras lo llenaban de orgullo.

Por la tarde, si ponían en la tele alguna vieja película en blanco y negro, se acurrucaban los dos en el sofá de casa del abuelo para verla juntos. *Proa al cielo* era una de las que podían ver una y otra vez sin cansarse jamás. Este clásico del cine cuenta la historia verídica de un piloto, Douglas Bader, que perdió las dos piernas en un terrible accidente antes de la Segunda Guerra Mundial, lo que no le impidió convertirse en un legendario piloto de la aviación. Las tardes lluviosas de los sábados parecían hechas para ver títulos como *Proa al cielo*, *Uno de nuestros aviones se ha perdido*, *Más allá de las nubes* o *A vida o muerte*. Para Jack, no había mejor plan.

Carne en conserva con
piña en almíbar.

Sardinas y arroz
con leche.

Dulce de membrillo
con guisantes.

Judías estofadas con
melocotón en almíbar.

Zanahorias troceadas
con leche condensada.

Natillas de chocolate
con sopa de tomate.

Arenques ahumados
con *tortellini* rellenos.

Empanada de carne con
macedonia de frutas.

Morcilla escocesa
con cerezas en almíbar.

Y la especialidad del abuelo:
fiambre de cerdo sobre lecho
de natillas.

Por desgracia, la comida en casa del abuelo dejaba mucho que desear. El anciano decía que la culpa era del racionamiento de víveres, como si aún siguieran en guerra, pero lo cierto es que solo comía alimentos enlatados. Para cenar, sacaba un par de latas al azar de la despensa y las vaciaba en una misma cacerola.

Aunque el abuelo se empeñaba en usar palabras muy finolis para anunciar sus platos, estos no les hacían justicia, ni mucho menos. Por suerte, la comida no era lo más importante de aquellas visitas.

La Segunda Guerra Mundial, cuando los valientes aviadores de la RAF como él habían luchado por su país en la célebre batalla de Inglaterra, había sido la época más importante en la vida del abuelo. Por entonces los nazis planeaban invadir Gran Bretaña en la denominada Operación León Marino. Sin embargo, puesto que en ningún momento fueron capaces de controlar el espacio aéreo británico para proteger a sus tropas sobre el terreno, nunca pudieron llevar a cabo su plan. Día tras día, noche tras noche, los pilotos de la RAF —entre ellos el abuelo— arriesgaron la vida para impedir que Gran Bretaña cayera en sus garras.

Así que, en lugar de leerle un cuento a su nieto antes de irse a dormir, el anciano solía contarle las aventuras verídicas que él había vivido durante la guerra.

Sus recuerdos eran mucho más emocionantes que cualquier historia de las que salían en los libros.

—¡Una más, abuelo! ¡Porfaaa! —suplicaba entonces el chico—. ¡Cuéntame otra vez lo que pasó cuando la Luftwaffe te alcanzó con sus disparos y tuviste que amerizar en el canal de la Mancha!

—Es tarde, jovencito —contestaba el abuelo—. Ahora duérmete. Te prometo que por la mañana te contaré esa historia y muchas más.

—Pero...

—Nos veremos en tus sueños, comandante —añadía el anciano y besaba a Jack en la frente con ternura. «Comandante» era el apodo cariñoso que le había puesto a su nieto—. Nos vemos allá arriba. ¡Hasta el cielo y más allá!

—¡Hasta el cielo y más allá! —repetía el chico antes de quedarse dormido en la habitación de invitados, soñando que también él era un aviador de la RAF. Los ratos que pasaba con su abuelo no podían ser mejores.

Pero todo eso estaba a punto de cambiar.

2

Zapatillas

Con el tiempo, la mente del abuelo empezó a transportarlo cada vez más al pasado, a sus días de gloria. Para cuando arranca nuestra historia, el anciano estaba completamente convencido de seguir viviendo en la Segunda Guerra Mundial, que en realidad se había acabado décadas atrás.

El abuelo iba perdiendo la memoria, algo que a veces les pasa a las personas mayores. Sufría una enfermedad grave para la que, por desgracia, no había cura. De hecho, lo más probable es que empeorara con el paso del tiempo, hasta que un día tal vez no recordara siquiera su propio nombre.

Pero, como suele pasar en la vida, tragedia y comedia van a menudo de la mano, y en los últimos tiempos su enfermedad había propiciado anécdotas muy divertidas. La noche de San Juan, por ejemplo, el abuelo se había empeñado en que todos bajaran al refugio antiaéreo en cuanto los vecinos habían empezado a tirar petardos en el jardín. En otra ocasión sacó la navaja y cortó una delgada oblea de chocolate a la menta en cuatro minúsculos trozos para compartirla con la familia porque creía que los alimentos seguían estando racionados.

Pero lo mejor de todo fue cuando decidió que el carro de la compra del supermercado era en realidad un bombardero Lancaster. El abuelo surcó los pasillos a toda velocidad en una misión ultrasecreta, lanzando a su paso enormes paquetes de harina. Aquellas «bombas» explotaban al caer, cubriéndolo todo de polvo

blanco: la comida, las cajas registradoras y hasta a la gerente del supermercado, una señora muy peripuesta que ese día acabó enharinada de la cabeza a los pies.

La mujer parecía un fantasma polvoriento. Las tareas de limpieza duraron semanas y el abuelo no pudo volver a pisar el supermercado.

Pero a veces la enfermedad podía resultar bastante más deprimente. Jack no había llegado a conocer a su abuela, que había muerto una noche hacía casi cuarenta años, hacia el final de la guerra, a causa de un bombardeo de los nazis. Por entonces, el padre de Jack era un bebé recién nacido, pero a veces, cuando el chico se quedaba a dormir en el diminuto piso del abuelo, lo oía llamando a su «querida Peggy» como si su mujer estuviera en la habitación de al lado. Al chico se le llenaban los ojos de lágrimas. Era desgarrador.

Pese a todo, el abuelo era un hombre presumido

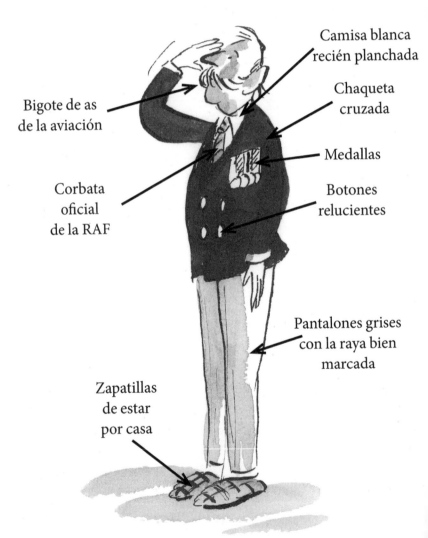

Camisa blanca recién planchada

Chaqueta cruzada

Bigote de as de la aviación

Medallas

Corbata oficial de la RAF

Botones relucientes

Pantalones grises con la raya bien marcada

Zapatillas de estar por casa

que jamás descuidaba su apariencia. Para él, todo tenía que estar «en su sitio».

Siempre iba hecho un pincel con su uniforme de la RAF: chaqueta cruzada, camisa blanca recién planchada y pantalones grises con la raya bien marcada. Completaba el atuendo la corbata de la RAF, a rayas de color granate, plata y azul, anudada con esmero. Tal como se estilaba entre los aviadores de la Segunda Guerra Mundial, el abuelo lucía un señor bigote. Era impresionante, tan largo que se confundía con las patillas, como una barba, pero sin llegar a cubrir el mentón. Solía pasarse horas enroscando las puntas del bigote entre los dedos hasta dejarlas bien tiesas y apuntando hacia arriba.

Lo único que delataba el deterioro mental del abuelo era la elección del calzado: zapatillas de estar por casa. Ya nunca se ponía zapatos. Ni siquiera se acordaba de ellos. Hiciera el tiempo que hiciese, lloviera o nevase, siempre llevaba puestas sus zapatillas de cuadros marrones.

Como no podía ser de otra manera, su excéntrico comportamiento era motivo de preocupación para los adultos de la familia. A veces, Jack se ponía el pijama y fingía meterse en la cama, pero salía de su habitación a escondidas y se sentaba en el último peldaño de la escalera. Desde allá arriba oía a sus padres, que estaban en la cocina, hablar sobre el abuelo. Usaban palabras extrañas que él no entendía para describir su «estado» y solían comentar la necesidad de ingresarlo en una residencia. Al chico no le hacía ni pizca de gracia que hablaran así de él, como si fuera un problema. Sin embargo, puesto que solo tenía doce años, se sentía impotente para cambiar las cosas.

Por suerte, nada de todo eso le impedía seguir disfrutando de las andanzas y aventuras del viejo aviador, aunque para él se habían vuelto tan reales que se había acostumbrado a escenificarlas con el abuelo. No en vano eran grandes hazañas que nada tenían que envidiar a las historietas de las revistas juveniles que el chico leía.

El abuelo tenía un viejo tocadiscos del tamaño de una bañera en el que solía poner música clásica de lo más rimbombante a todo volumen. Las bandas militares eran su debilidad, y Jack y él solían escuchar los mejores himnos patrióticos de todos los tiempos hasta bien entrada la noche. Dos viejos sillones se convertían entonces en sus cabinas de mando y, mientras la música ganaba intensidad y parecía elevarse en el aire, también ellos lo hacían a bordo de sus aviones de combate imaginarios: el abuelo pilotaba un Spitfire y Jack un Hurricane. ¡Y allá que se

iban, ¡Hasta el cielo y más allá! Juntos, subían hasta dejar atrás las nubes, sorteando los aviones enemigos. Todos los domingos por la noche la pareja de ases de la aviación ganaba la batalla de Inglaterra sin salir del pisito del anciano.

Juntos, Jack y su abuelo viajaban a un mundo de fantasía en el que vivían incontables aventuras imaginarias.

Sin embargo, la noche en que empieza nuestra historia, estaban a punto de embarcarse en una aventura real como la vida misma.

3

Un tufillo a queso

Esa noche Jack estaba durmiendo en su habitación, soñando que era un piloto de la Segunda Guerra Mundial, como todas las noches. Iba sentado a los mandos de su Hurricane, midiéndose con un escuadrón de mortales Messerschmitt, cuando oyó el inconfundible sonido del teléfono.

¡RIIING RIIING RIIING RIIING!

«Qué raro», pensó, porque en los años cuarenta no había teléfonos a bordo de los aviones de combate. Sin embargo, el teléfono siguió sonando.

¡RIIING RIIING RIIING RIIING!

El chico se despertó, sobresaltado. Al incorporarse en la cama, se golpeó la cabeza con la maqueta del bombardero Lancaster que colgaba del techo.

—¡Ay! —gritó. Miró la hora en el reloj de acero niquelado de la RAF que su abuelo le había regalado.

Las 02.30 de la madrugada.

¿Quién demonios llamaba a su casa a esas horas?

El chico se bajó de un salto de la cama superior de la litera y abrió la puerta de la habitación. Abajo, en el vestíbulo, su madre hablaba por teléfono.

—No, aquí no ha venido —iba diciendo.

Al cabo de unos instantes, volvió a oír su voz. A juzgar por el tono familiar, dedujo que era su padre el que había llamado.

—O sea, que no hay ni rastro de él... ¿Qué vamos a hacer, Barry? ¡Ya sé que es tu padre, pero no puedes pasarte la noche recorriendo las calles!

Jack no podía seguir en silencio ni un segundo más. Desde lo alto de la escalera, preguntó a gritos:

—¿Qué le ha pasado al abuelo?

Su madre miró hacia arriba.

—¡Ahora sí que la has hecho buena, Barry, has despertado al niño! —La madre de Jack tapó el auricular del teléfono con una mano y le dijo—: ¡Vuelve a la cama ahora mismo, jovencito! ¡Que mañana hay clase!

—¡Me da igual! —replicó el chico en tono desafiante—. ¿Qué le ha pasado al abuelo?

Su madre volvió a hablar por el auricular.

—Barry, llámame dentro de dos minutos. ¡Ahora mismo esto parece una olla de grillos!

Dicho lo cual, colgó el teléfono con malos modos.

—¿Qué ha pasado? —preguntó el chico una vez más mientras bajaba a toda prisa para reunirse con su madre.

La mujer suspiró con aire teatral, como si todos los males del mundo pesaran sobre sus hombros. Lo hacía muy a menudo. Fue en ese preciso instante cuando Jack se dio cuenta de que allí olía a queso. Y no a un queso cualquiera, sino a uno de esos QUESOS TAN APESTOSOS: **un queso azul,** *un queso blando,* **un queso cubierto de moho,** un queso... muy queso. Su madre trabajaba en la sección de quesos del supermercado local, y allá donde iba dejaba a su paso un inconfundible tufillo a queso.

Ambos estaban en el vestíbulo, Jack con un pijama a rayas azules y su madre con un camisón afelpado de color rosa. La mujer llevaba rulos en la cabeza y se había embadurnado las mejillas, la frente y la nariz con una gruesa capa de crema facial. A menudo se la dejaba puesta para dormir, aunque Jack no hubiese sabido decir por qué. Su madre presumía de ser «la cara glamurosa del queso», como si tal cosa fuera posible.

Encendió la luz del vestíbulo, y por unos instantes ambos parpadearon ante la súbita claridad.

—¡Tu abuelo ha vuelto a desaparecer!

—¡Oh, no!

—¡Oh, sí! —La mujer soltó otro de sus suspiros. Estaba claro que el anciano la traía por la calle de la amargura. A veces, hasta ponía los ojos en blanco al escuchar sus batallitas, como si estas la aburrieran. Eso molestaba mucho a Jack. Lo que contaba el abuelo era infinitamente más emocionante que saber cuál era el queso más vendido de la semana—. A eso de la medianoche, una llamada telefónica nos ha despertado a tu padre y a mí.

—¿Quién ha llamado?

—El vecino de abajo de tu abuelo, ya sabes, ese quiosquero...

La casa en la que vivía el abuelo se le había quedado grande, así que el año anterior se había mudado a un pisito situado encima de una tienda. Pero no una tienda cualquiera, sino un quiosco. Y no un quiosco cualquiera, sino el quiosco de Raj.

—¿Raj? —preguntó Jack.

—Sí, Raj. Ha dicho que creía haber oído cómo la puerta del abuelo se cerraba de golpe alrededor de la medianoche. Ha llamado al timbre, pero nadie ha contestado. El pobre hombre se ha puesto muy nervioso, así que nos ha telefoneado.

—¿Dónde está papá?

—Lleva un par de horas en el coche buscando a tu abuelo.

—¡¿Un par de horas?! —El chico no daba crédito a lo que oía—. ¿Y por qué no me has despertado?

Su madre suspiró OTRA VEZ. Esa noche iba camino de convertirse en un suspiratón en toda regla.

—Tu padre y yo sabemos lo mucho que quieres al abuelo y no queríamos preocuparte.

—¡Pues ya lo estoy! —replicó el chico. En realidad, estaba mucho más apegado a ese abuelo aventurero que a cualquier otro miembro de la familia, incluidos sus padres. El tiempo que pasaba

 con el anciano era sagrado para él.

—¡Todos estamos preocupados! —exclamó la madre de Jack.

—Pero es que yo estoy muy preocupado.

—Bueno, todos estamos muy preocupados.

—Pero yo estoy preocupadísimo.

—Bueno, todos estamos muy, pero que muy requetepreocupados. ¡Pero, por favor, no nos pongamos ahora a discutir sobre quién está **más preocupado**! —gritó ella, a punto de perder los estribos.

Jack se dio cuenta de que su madre se estaba poniendo muy nerviosa, así que se mordió la lengua para no contestarle, aunque estaba **muy, pero que muy requetepreocupadísimo**.

—¡Le he dicho a tu padre cientos de veces que el abuelo debería estar en una residencia!

—¡Ni hablar! —replicó el chico, que conocía al anciano mejor que nadie—. ¡Eso es lo último que él querría!

El abuelo —o teniente coronel Bandera, como lo conocían durante la guerra— era demasiado orgulloso para pasar sus últimos días rodeado de carcamales que se dedicaban a resolver crucigramas y a hacer punto.

La madre de Jack negó con la cabeza y soltó otro suspiro.

—Eres demasiado pequeño para entenderlo.

Como todos los niños, Jack detestaba que le dijeran eso. Pero no era cuestión de ponerse a discutir.

—Mamá, por favor, vamos a buscarlo.

—¿Te has vuelto LOCO? ¡Hace una noche de perros! —replicó ella.

—¡Pero algo tenemos que hacer! ¡El abuelo está ahí fuera, perdido!

¡RIIING RIIING RIIING RIIING!

Jack se abalanzó sobre el teléfono y cogió el auricular antes de que lo hiciera su madre.

—¿Papá? ¿Dónde estás? ¿En la plaza del pueblo? Mamá estaba diciendo que deberíamos salir para ayudarte a buscar al abuelo —mintió mientras su madre lo fulminaba con la mirada—. Llegaremos lo antes posible.

Jack colgó el teléfono y cogió a su madre de la mano.

—El abuelo nos necesita... —dijo.

Abrió la puerta y ambos salieron a la noche oscura.

4

Un triciclo de segunda mano

El pueblo se veía muy distinto de noche, y daba cierto repelús. Todo era oscuridad y silencio. Estaban en lo más crudo del invierno, una espesa niebla flotaba en el aire y el suelo seguía mojado a causa de un fuerte aguacero.

El padre de Jack se había llevado el coche, así que el chico se echó a la calle montado en su triciclo, un vehículo pensado para niños mucho más pequeños que él. De hecho, se lo habían comprado de segunda mano para su tercer cumpleaños, por lo que hacía mucho tiempo que se le había quedado pequeño. La familia no tenía suficiente dinero para comprarle una bici nueva, así que debía arreglárselas con aquel cacharro.

Su madre iba montada en la parte de atrás, apoyándose en sus hombros. Si alguno de sus compañeros de clase lo hubiese visto llevando a su madre de paquete en un triciclo, no le habría quedado más remedio que irse a vivir solo el resto de su vida a una oscura y lejana cueva.

Mientras pedaleaba calle abajo lo más deprisa que podía, Jack reproducía en su mente la música de las bandas militares que solía poner el abuelo. Pese a ser un vehículo para niños pequeños, el triciclo pesaba como un demonio, sobre todo porque llevaba a su madre detrás, con su camisón rosado ondeando al viento.

Las ruedas del triciclo daban vueltas sin cesar, igual que los pensamientos de Jack. El chico estaba más unido a su abuelo que nadie, así que se esforzaba por adivinar dónde habría ido.

Madre e hijo llegaron a la plaza del pueblo sin haber visto un alma. Los esperaba una triste escena.

El padre de Jack, en pijama y batín, estaba encorvado sobre el volante del pequeño coche familiar marrón. Incluso de lejos, el chico alcanzaba a ver que el

pobre se sentía desbordado. El abuelo había desaparecido siete veces en los últimos dos meses.

Cuando oyó el triciclo acercándose, Barry se incorporó en el asiento. Era delgado y paliducho. Llevaba gafas y parecía más viejo de lo que era en realidad. Su hijo se preguntaba a menudo si eso no se debería al hecho de estar casado con su madre.

El hombre se secó los ojos con la manga del batín. Era evidente que había estado llorando. El padre de Jack era contable. Se pasaba el día haciendo largas y aburridas sumas, y no le resultaba fácil expresar sus sentimientos, por lo que solía callarse las cosas. Pero Jack sabía que su padre quería muchísimo al abuelo, aunque no se le pareciera en nada. Era como si el espíritu aventurero del anciano se hubiese saltado una generación. El abuelo vivía con la cabeza en las nubes mientras que su hijo la tenía enterrada en los libros de contabilidad.

—¿Estás bien, papá? —preguntó el chico, que se había quedado sin aliento de tanto pedalear.

Cuando su padre fue a bajar la ventanilla para contestarle, se quedó con la manivela en la mano. El coche estaba viejo y destartalado, y se caía a trozos.

—Sí, sí, estoy perfectamente —mintió el hombre sin

saber qué hacer con la manivela que tenía en la mano.

—¿Ninguna pista del abuelo? —preguntó la madre de Jack, aunque ya conocía la respuesta.

—Pues no —contestó su marido con un hilo de voz. Apartó el rostro y miró fijamente hacia delante para disimular su disgusto—. Llevo horas buscándolo por todo el pueblo.

—¿Has mirado en el parque? —preguntó Jack.

—Sí —contestó su padre.

—¿En la estación de tren?

—Sí. Estaba cerrada a cal y canto, pero no había nadie por fuera.

De pronto, Jack tuvo una idea brillante. Las palabras se atropellaban en su boca:

—¿El monumento a los caídos en la guerra?

El hombre sostuvo la mirada de su hijo y negó con la cabeza, apesadumbrado.

—Es el primer lugar en el que he mirado.

—¡Pues entonces no se hable más! —exclamó la madre de Jack—. Hay que llamar a la policía. Que pasen ellos la noche en blanco, buscándolo por las calles. ¡Yo me vuelvo a la cama! Mañana me espera una gran promoción de queso Wensleydale en el súper y no puedo ir hecha un adefesio.

—¡Ni hablar! —protestó Jack. Había oído a sus

padres hablando sobre el abuelo por las noches, y sabía que eso podría tener consecuencias desastrosas. Si se metía de por medio, la policía empezaría a hacer preguntas, los obligaría a rellenar una serie de formularios y el anciano se convertiría en un problema. Los médicos lo toquetearían de arriba abajo y, estando como estaba tan mal de la cabeza, seguro que lo enviarían a una residencia de ancianos. Para alguien como él, que había llevado una vida de libertad y aventura, eso sería como condenarlo a una pena de cárcel. Tenían que encontrarlo, no había otra solución.

—Hasta el cielo y más allá... —murmuró.

—¿Qué has dicho, hijo? —preguntó su padre.

—Eso es lo que siempre me dice el abuelo cuando jugamos a los pilotos en su piso. Mientras despegamos, siempre dice «Hasta el cielo y más allá».

—¿Y...? —preguntó su madre. Luego puso los ojos en blanco y suspiró al mismo tiempo.

—Y... —repuso Jack— apuesto a que eso es lo que está haciendo el abuelo: intentar tocar el cielo.

El chico trató de recordar cuál era el edificio más alto del pueblo. Al cabo de unos instantes, se le ocurrió la respuesta.

—¡Seguidme! —exclamó, y salió disparado calle abajo, pedaleando como un poseso en su triciclo.

5

Lunático

En realidad, el punto más elevado del pueblo era la aguja de la torre de la iglesia, considerada poco menos que un monumento histórico, visible desde varios kilómetros a la redonda. Jack tenía la corazonada de que el abuelo había intentado trepar a lo alto de la aguja. En otras ocasiones lo habían encontrado encaramado a la estructura de barras del parque infantil, en lo alto de una escalera de mano o incluso subido al tejado de un autobús de dos pisos. Era como si tuviera la necesidad de tocar el cielo, tal como había hecho tantos años atrás, en sus tiempos de piloto.

En cuanto avistaron la iglesia, Jack y sus padres distinguieron con claridad la silueta de un hombre en lo alto de la aguja, perfectamente enmarcado por el halo plateado de la luna.

Nada más ver a su abuelo allá arriba, Jack supo sin

lugar a dudas que el anciano creía estar pilotando su Spitfire.

Al pie de la imponente iglesia encontraron al párroco, un hombre de poca estatura.

El reverendo Porcino se peinaba el escaso pelo que

le quedaba de modo que le tapara la calva, y se lo teñía de un negro tan intenso que parecía azul, pero no engañaba a nadie. Sus ojos, pequeños y redondos como canicas, se escondían tras unas gafas de montura negra que descansaban sobre una naricilla respingona, como de cerdito, con la que apuntaba al cielo para poder mirar a los demás por encima del hombro.

La familia de Jack no solía ir a misa, por lo que el chico solo conocía al párroco de vista, pero en cierta ocasión lo había sorprendido saliendo de la tienda de vinos y licores con una caja de botellas de champán que, a juzgar por su aspecto, solo podía ser del caro. En otra ocasión habría jurado haberlo visto paseándose por el pueblo al volante de su flamante deportivo Lotus Esprit mientras fumaba un enorme puro. «¿No se supone que los curas están para ayudar a los pobres —se preguntaba Jack—, y no para despilfarrar el dinero en sus propios caprichos?»

Como era de madrugada, el reverendo Porcino aún llevaba puesto el pijama, un batín a juego —ambos de pura seda— y un par de zapatillas de terciopelo rojo con el monograma «I. de I.» (Iglesia de Inglaterra). En la muñeca lucía un pesado reloj de oro con diamantes engastados. Saltaba a la vista que le gustaba vivir a todo tren.

—¡BÁJESE DE AHÍ AHORA MIS-MO! —bramó el párroco, dirigiéndose al anciano, en el preciso instante en que la familia cruzaba a toda prisa el cementerio de la iglesia.

—¡ES MI ABUELO! —gritó Jack, que había vuelto a quedarse sin aliento de tanto pedalear en su triciclo. El reverendo Porcino apestaba a puro, un olor que el chico no soportaba y que le provocó náuseas al instante.

—¿Y qué demonios está haciendo tu abuelo en el tejado de MI iglesia?

—¡Lo siento, reverendo! —se disculpó el padre de Jack a gritos—. Es mi padre. A veces se le va la cabeza...

—¡En ese caso debería estar encerrado! ¡Ya me ha movido una teja de pizarra!

De entre las lápidas del cementerio apareció un grupo de hombretones con muy mala pinta. Todos llevaban la cabeza rapada, lucían tatuajes y les faltaba algún diente. Viendo los monos que vestían y las palas que sujetaban, Jack supuso que eran sepultureros, aunque le pareció extraño que estuvieran trabajando a esas horas de la noche.

Uno de los sepultureros tendió una linterna al párroco, que la usó para apuntar directamente a los ojos del anciano.

—¡BÁJESE DE AHÍ AHORA MISMO!

Pero el abuelo seguía sin contestar. Como de costumbre, estaba en su propio mundo.

—Aquí el teniente coronel Bandera. Mantengo el rumbo previsto. Cambio —fue su respuesta. Creía estar realmente en las alturas, pilotando su adorado Spitfire—. Teniente coronel llamando a base, cambio —añadió.

—¿De qué demonios está hablando? —preguntó el reverendo Porcino, y luego farfulló entre dientes—: Ese hombre es un perfecto lunático.

Uno de los sepultureros, un forzudo con la cabeza rapada que lucía una telaraña tatuada en el cuello, dijo entonces:

—¿Voy por la escopeta de aire comprimido, reverendo? ¡Unos pocos disparos y lo tendrá aquí abajo en menos que canta un gallo!

Los demás sepultureros recibieron la idea entre risas.

«¡Una escopeta de aire comprimido!» Jack necesitaba urgentemente un plan si quería que su abuelo bajara de allí sano y salvo.

—¡No! ¡Dejadme intentarlo! —Tenía una idea—. ¡Aquí base, cambio! —gritó a pleno pulmón.

Todos los adultos se lo quedaron mirando con los ojos como platos.

—Aquí el teniente coronel Bandera, le recibo alto y claro —contestó el abuelo—. Mi altitud de crucero es de dos mil pies, y mi velocidad es de quinientos quince kilómetros por hora. Llevo toda la noche volando en círculos, pero no hay ni rastro del enemigo, cambio.

—En tal caso, misión cumplida, señor. Regrese a la base, cambio.

—Entendido. ¡Cambio y corto!

Al pie de la iglesia, todos vieron con incredulidad cómo el anciano —que seguía encaramado en lo alto de la aguja de la iglesia— llevaba a cabo un aterrizaje imaginario. Estaba realmente convencido de que iba a los mandos de su avión de combate; hasta hizo el gesto de apagar el motor. Luego abrió la imaginaria

cubierta transparente del avión y se apeó de un salto.

El padre de Jack cerró los ojos con fuerza. Tenía tanto miedo de que su padre se despeñara que no podía seguir mirando. Jack, en cambio, tenía los ojos a punto de salirse de las órbitas. No se atrevía a pestañear siquiera.

El anciano bajó con dificultad de lo alto de la aguja hasta llegar al tejado. Por unos instantes se quedó inmóvil y luego empezó a caminar por el estrecho caballete como si tal cosa. Pero la teja de pizarra que había desplazado al subir sobresalía ligeramente, así que a los pocos pasos...

... el abuelo tropezó y salió volando.

—¡Nooo! —exclamó Jack.

—¡PAPÁ! —gritó su padre.

—¡CIELOS! —chilló su madre. El párroco y los sepultureros contemplaban la escena con macabra fascinación.

El anciano resbaló por la pendiente del tejado, levantando a su paso unas cuantas tejas más, para disgusto del párroco.

¡CRAC!
¡CATAPLÁN!

Mientras las tejas caían al suelo y se hacían añicos, el abuelo pasó como una exhalación y se precipitó por el borde del tejado.

¡FIUUU!

Pero justo en ese instante, sin hacer demasiados aspavientos, se las arregló para agarrarse al canalón del tejado y frenar la caída. Sus delgadas piernas se balanceaban en el aire nocturno, y sus zapatillas golpeteaban la vidriera de colores de la iglesia.

—¡Cuidado con MI vidriera! —chilló el párroco.

—¡Aguanta, papá! —gritó el padre de Jack.

—Ya te he dicho que deberíamos haber llamado a la policía —le reprochó su madre, aunque no fuera el mejor momento para echárselo en cara.

—¡Mañana a primera hora tengo un bautizo! —protestó el reverendo Porcino—. ¡No podemos pasarnos la mañana recogiendo los restos de tu abuelo!

—¿Papá? ¿PAPÁ? —llamó el padre de Jack a gritos.

El chico reflexionó unos instantes. Si no hacía algo enseguida, su pobre abuelo acabaría espachurrado en el suelo.

—No contestará si lo llamas así —dijo—. Déjame a mí. —Jack volvió a proyectar la voz—. ¿Teniente coronel? ¡Le habla el comandante en jefe!

—¡Ah, viejo amigo, al fin le encuentro! —gritó el abuelo desde las alturas. El nombre ficticio de Jack se había convertido en real para él. Creía que el chico era un compañero suyo de las Fuerzas Aéreas.

—¡Desplácese hacia la derecha siguiendo el ala del avión! —le indicó Jack a gritos.

El abuelo guardó silencio unos instantes, y luego contestó:

—¡Entendido!

Dicho y hecho: el anciano empezó a menearse de aquí para allá como si bailara swing al tiempo que deslizaba las manos por el canalón.

El plan de Jack era de lo más arriesgado, pero estaba funcionando. Había que entrar en el mundo del abuelo para poder comunicarse con él.

El chico descubrió un bajante metálico pegado a la pared a un lado de la iglesia.

—Bien, teniente coronel, ¿ve usted esa barra a su derecha? —gritó.

—¡Sí, mi comandante!

—Agárrese a ella y baje con cuidado.

Los padres de Jack contuvieron la respiración y se taparon la boca mientras el abuelo tomaba impulso y saltaba como un acróbata del canalón al bajante. Nadie movió un solo músculo mientras el abuelo se agarraba con fuerza al extremo superior del bajante, pero de repente este se soltó de la pared y empezó a doblarse rápidamente en dirección al suelo.

¡CRAC!

¿Y si Jack estaba equivocado? ¿Y si por su culpa el abuelo caía y se estrellaba contra el suelo?

—¡NOOO! —chilló el chico.

6

Una excavadora descontrolada

Para alivio de Jack, en lugar de romperse, el bajante de la iglesia se dobló despacio bajo el peso del anciano... hasta depositarlo en el suelo, sano y salvo.

Tan pronto como sus zapatillas tocaron la hierba mojada del cementerio, el abuelo se dirigió a grandes zancadas al grupo allí reunido y les dedicó un saludo militar.

—Rompan filas, caballeros.

La madre de Jack parecía muy ofendida.

—Teniente coronel —dijo el chico—. Por favor, permita que lo escolte hasta su vehículo. No tardaremos en llevarlo de vuelta al cuartel.

¡ÑEEEEC!

—¡Estupendo, viejo amigo! —replicó el abuelo.

Jack lo cogió del brazo y lo guio hasta el destartalado coche familiar. Cuando fue a abrir la portezuela, se quedó con el tirador en la mano. El chico acomodó al abuelo en el asiento trasero del coche y cerró la puerta para que entrara en calor, pues era una noche gélida.

Cuando volvía hacia la iglesia, cruzando el cementerio a la carrera, Jack oyó que el reverendo Porcino les decía a sus padres: «¡Ese hombre no está bien de la cabeza! Deberían encerrarlo por su propio bien...».

—¡El abuelo está perfecto donde está, muchas gracias! —discrepó Jack, interrumpiendo la conversación.

El párroco lo miró y sonrió enseñando los dientes, como un tiburón justo antes de atacar. De pronto, una idea pareció cruzar la mente del hombre, y su tono de voz cambió por completo.

—Verán, señores... —empezó de nuevo, todo meloso.

—Bandera —dijeron los padres de Jack al unísono.

—Verán, señores Bandera, en los muchos años que llevo trabajando aquí, he procurado la comodidad de muchos ancianos de esta parroquia, y nada me gustaría más que ayudarles.

—¿Oh, de veras? —preguntó la madre de Jack, rindiéndose a los encantos de aquel pez escurridizo.

—Sí, señora Bandera. De hecho, sé de un lugar absolutamente maravilloso al que podrían ustedes enviar al anciano señor Bandera. Ha abierto sus puertas hace poco, después de que una excavadora descontrolada arrasara POR ACCIDENTE la residencia de ancianos del pueblo.

Por el rabillo del ojo, Jack vio que los sepultureros se reían disimuladamente al oír las palabras del párroco. El chico no hubiese sabido decir qué estaba pasando, pero tenía claro que allí había gato encerrado.

—Sí, lo leímos en el diario —dijo su padre—. ¿Una excavadora descontrolada, dice? Qué cosas...

—Los designios del Señor son inescrutables —replicó el reverendo Porcino.

—¿Sabe qué, padre? —intervino la madre de Jack—. Llevo años diciéndoles a estos dos que al abuelo habría que ingresarlo. Y mi compañera Jill, de la sección de quesos, está de acuerdo conmigo.

—¿Así que usted vende quesos? —repuso el párroco—. Ya me parecía a mí que olía un poco a Stilton.

—¡Sí! —contestó ella—. Es una de nuestras especialidades. Un aroma maravilloso, ¿no le parece, reverendo? Es casi, casi como un perfume.

El padre de Jack puso los ojos en blanco.

—El caso —prosiguió la madre de Jack— es que

Jill opina lo mismo que usted y yo. Donde mejor estaría el abuelo es en una residencia de ancianos.

Jack miró a su padre y negó con la cabeza enérgicamente, pero él fingió no darse cuenta.

—¿Es un lugar agradable? —se limitó a preguntar.

—Señor Bandera, yo no lo recomendaría si no lo fuera —contestó el reverendo con su voz más dulce—. Es más que agradable. Es como Disneylandia para la gente mayor. Pero como está tan solicitada...

—¿De veras? —preguntó el padre de Jack, ahora también completamente rendido a la labia del párroco.

—Sí, cuesta mucho conseguir plaza.

—Vaya, pues entonces no se hable más —comentó Jack—. Está claro que el abuelo no podrá entrar.

El párroco siguió hablando, sin detenerse ni para respirar:

—Por suerte, conozco a la directora de la residencia, que hace una gran labor, dicho sea de paso. La señorita Gorrina es encantadora, además de bastante atractiva, estoy seguro de que me darán la razón cuando la conozcan. Si lo desean, puedo pedirle que le haga un hueco al anciano señor Bandera sin necesidad de pasar por la lista de espera.

—Es muy amable por su parte, reverendo —contestó la madre de Jack.

—¿Cómo se llama ese sitio? —preguntó el padre de Jack.

—Torres Tenebrosas —contestó el reverendo Porcino—. No queda lejos de aquí, está justo antes del descampado. Podría hablar con la señorita Gorrina y pedirle a uno de mis hombres que acompañe al abuelo a la residencia esta misma noche, si así lo desean...

El párroco señaló la cuadrilla de fornidos sepultureros.

—Eso nos ahorraría muchas molestias —convino la madre de Jack.

—¡NI HABLAR! —protestó el chico.

El padre de Jack intentó buscar un punto intermedio.

—Vaya, muchísimas gracias, reverendo, nos lo pensaremos.

—¡DE ESO NADA! —replicó Jack—. Mi abuelo nunca irá a una residencia. ¡NUNCA!

El padre de Jack los empujó suavemente, a él y a su madre, para que se encaminaran al coche, donde el abuelo seguía esperando pacientemente.

El párroco se volvió hacia Jack, que seguía a sus padres a cierta distancia, y sin que estos pudieran oírlo le dijo entre dientes:

—Eso ya lo veremos, mequetrefe...

7

Disneylandia para la gente mayor

Para cuando llegaron a casa, empezaba a amanecer. Jack se las arregló para convencer a sus padres de que lo mejor era que el abuelo pasara la noche allí con ellos, en lugar de volver solo a su piso.

El chico se lo dijo al abuelo de un modo que le resultara comprensible:

—Debido a las misiones de reconocimiento que el enemigo está llevando a cabo en esta zona, el teniente general ha ordenado que lo traslademos a otras dependencias.

Poco después, el abuelo dormía a pierna suelta en la cama de abajo de la litera de Jack, roncando a pleno pulmón.

¡Jjjjj RRRrrr!
¡Jjjjj RRRrrr!

Las guías de su mostacho subían y bajaban cada vez que respiraba.

Incapaz de dormir, con el corazón todavía acelerado por las emociones de esa noche, Jack bajó sigilosamente de la cama de arriba. Como ocurría a menudo, oía voces apagadas en el piso de abajo y quería saber qué estaban diciendo sus padres. Abrió la puerta con mucho cuidado, sin hacer el menor ruido. Se sentó en la moqueta, en lo alto de las escaleras, y acercó la oreja a un hueco de la barandilla.

—El párroco tiene razón —dijo su madre—. Donde mejor estaría tu padre es en una residencia.

—No estoy tan seguro, Barbara —repuso él—. No creo que le gustara.

—¿No has oído lo que ha dicho ese buen hombre? ¿Qué ha dicho el reverendo de Torres Tenebrosas?

—¿Que era como la Disneylandia de la gente mayor...?

—¡Exacto! A ver, no creo que haya montañas rusas, ni barquitos con forma de tronco, ni gente disfrazada de ratón gigante, pero suena maravilloso.

—Ya, pero es que...

—¡El párroco es un hombre de la Iglesia! ¡Jamás nos mentiría! —atajó la madre de Jack.

—Puede que tengas razón, pero a mi padre siempre le ha gustado ir por libre.

—¡Y que lo jures! —replicó la mujer con un tonillo triunfal—. ¡No hay más que ver cómo se ha encaramado a la aguja de la iglesia en plena noche!

Se hizo el silencio. El padre de Jack no sabía qué contestar.

—Escucha, Barry, ¿qué alternativa nos queda? —prosiguió su madre—. El abuelo se está convirtiendo en un peligro para sí mismo. Hoy ha estado a punto de despeñarse. ¡Podría haberse matado!

—Lo sé, lo sé... —farfulló el hombre.

—¿Y bien...?

—Tal vez sea lo mejor.

—Entonces no hay más que hablar. Mañana mismo lo llevaremos a Torres Tenebrosas.

A Jack, que los escuchaba desde lo alto de la escalera, se le escapó una lágrima que rodó muy despacio por su mejilla.

8

¡Desembucha!

Genio y figura, a la mañana siguiente el abuelo se comportaba como si nada hubiese sucedido. Desayunó unos huevos revueltos con beicon en la cocina de la casa familiar, más feliz que una perdiz, y era evidente que no recordaba los sobresaltos de la noche anterior.

—Tráeme más pan, si eres tan amable, maritornes. ¡Vamos, date brío! —ordenó el anciano.

A la madre de Jack no le gustaba que la trataran como una vulgar criada. «Maritornes» es un nombre que solía emplearse en el pasado para referirse despectivamente a las criadas que servían en las casas ricas. La mujer miró a su marido como pidiéndole que hiciera algo, pero él fingió leer el diario.

Entonces ella dejó caer dos rebanadas de pan blanco sobre la mesa con malos modos, y el abuelo se puso a rebañar la grasa que había quedado en su plato.

Mientras engullía el pan, anunció:

—La próxima vez querré el pan frito, maritornes, si no te importa.

—¡Pues claro, faltaría más! —replicó ella con sarcasmo.

Jack no pudo evitar sonreír, aunque intentó que no se le notara.

Entonces el anciano exclamó: «¡Arriba, abajo, al centro y adentro!», y luego sorbió el té ruidosamente. Siempre brindaba así antes de beber algo, lo que fuera.

—Mamá, papá, he estado pensando... —empezó el chico— que, como anoche me acosté tan tarde, será mejor que hoy no vaya a clase.

—¿Qué? —replicó su madre.

—Pues eso. Puedo quedarme en casa y cuidar del abuelo. ¡De hecho, creo que debería tomarme toda la semana libre!

A Jack no le gustaba demasiado la escuela. Acababa de cumplir doce años, por lo que había empezado la secundaria en otra escuela más grande, y de momento no había hecho un solo amigo. Lo único que parecía interesarles a los demás chicos era la última estrella del pop o el cachivache de moda. Corría el año 1983, así que muchos de sus compañeros se dedicaban a manosear un cubo de Rubik debajo del pupitre durante la clase. Jack no conocía a una sola persona que compartiera su pasión por las maquetas de aviones. En su primer día de clase, unos chicos mayores se habían burlado de él por sacar el tema, así que había aprendido a tener la boca cerrada.

—¡Ya lo creo que irás a clase, jovencito! —Su madre siempre lo llamaba «jovencito» cuando había hecho algo que no debía—. ¡Díselo tú, Barry!

El padre de Jack apartó los ojos del diario.

—Hombre, la verdad es que anoche nos acostamos muy tarde...

—¡BARRY!

El hombre pensó que era mejor no discutir con su mujer y cambió de opinión en un abrir y cerrar de ojos.

—Pero, por supuesto, no deberías faltar a clase. Y en adelante, por favor, asegúrate de hacer lo que dice tu madre sin rechistar. —Finalmente, añadió con aire lastimero—: Como hago yo, sin ir más lejos.

La madre de Jack se acercó a su marido y le dio un

codazo mal disimulado. Quería que fuera él quien anunciara la gran noticia. Como el hombre tardaba en reaccionar, le asestó otro codazo, esta vez tan fuerte que al pobre se le escapó un gemido de dolor.

—Baaarry... —le dijo, urgiéndolo a hablar. Siempre pronunciaba el nombre de su marido de ese modo extraño, alargando la primera vocal, cuando quería que hiciera algo en contra de su voluntad.

Él apartó el diario y lo dobló con parsimonia para retrasar el mal trago. Entonces miró directamente a su padre.

Jack se temió lo peor.

¿Iba a decirle al abuelo que pensaban enviarlo a *Torres Tenebrosas*?

—Escucha, papá —empezó a decir el padre de Jack—. Ya sabes que te queremos muchísimo y que solo deseamos lo mejor para ti...

El abuelo sorbió el té ruidosamente. No estaba nada claro que hubiese oído lo que le había dicho su hijo, porque ni siquiera había pestañeado. El padre de Jack empezó de nuevo, hablando más despacio y más alto que antes.

—¿Me... estás... es-cu-chan-do?

—¡Desembucha de una vez, cadete! —contestó el abuelo. A Jack se le escapó la risa. Le encantaba que el anciano hubiese adjudicado a su hijo un rango militar mucho más bajo que a su nieto. El rango más bajo de todo el escalafón, en realidad.

He aquí el escalafón de los oficiales de la RAF:

Cadete de oficial (el último mono)

Suboficial piloto (menos es nada)

Oficial piloto (eso ya suena mejor)

Oficial de vuelo (pinta bien, pero...)

Teniente (no está nada mal)

Comandante en jefe (lo estás haciendo muy bien)

Teniente coronel (lo estás haciendo mejor incluso)

Coronel (¡guau, sí que has llegado lejos!)

General de brigada (¡madre mía, eres imparable!)

General de división (tu mami estará muy orgullosa...)

Mariscal del Aire (¡sin palabras!)

Teniente general (¡casi has llegado a la cima!)

Jefe del Estado Mayor del Aire (¡eres la repanocha!)

El padre de Jack (o el cadete Bandera, como solía llamarlo el abuelo) respiró hondo y empezó de nuevo.

—Bueno, todos te queremos mucho, y por eso hemos pensado que... verás... en realidad fue... ejem... aquí la maritornes...

La madre de Jack lo fulminó con la mirada.

—... quiero decir, Barbara, quien tuvo la idea. Pero después de lo que pasó anoche, ambos estamos de acuerdo. Hemos pensado que estarías mejor si fueras...

Jack tenía que decir algo, lo que fuera, con tal de ganar un poco de tiempo. Antes de que su padre pudiera acabar la frase, soltó a bocajarro:

—¡Si fueras conmigo a clase!

9

Tizas de colores

Durante todo el trimestre Jack había estado pidiéndole a su profesora de historia, la señorita Verídica, que le dejara llevar al abuelo a clase. Habían empezado a estudiar la Segunda Guerra Mundial, ¿y qué mejor manera de aprender lo que había pasado en la guerra que oírlo de labios de alguien que la había vivido en sus propias carnes? Y lo mejor de todo era que sus compañeros de clase comprobarían lo alucinante que era el abuelo. Tal vez entonces cambiaran de idea respecto a su colección de maquetas de aviones.

La señorita Verídica era una mujer alta y delgada que vestía faldas hasta los tobillos y blusas con volantes que le llegaban hasta la barbilla. Llevaba las gafas colgadas del cuello con una cadena plateada. Era de la clase de profesores capaces de hacer que una asignatura apasionante resultara soporífera. La historia debería ser algo de lo más emocionante, con sus relatos de héroes y villanos que habían marcado el destino del mundo. Reyes sanguinarios, grandes batallas, indescriptibles formas de tortura.

Por desgracia, la forma de enseñar de la señorita Verídica aburría hasta a las piedras. Lo único que hacía era apuntar fechas y nombres en la pizarra con sus adoradas tizas de colores para que los alumnos lo copiaran todo en los cuadernos de ejercicios.

—**¡Hechos, hechos, hechos!** —solía repetir mientras llenaba la pizarra de garabatos. Lo único que le importaba eran los hechos. Un día, todos los alumnos se escabulleron por la ventana de la clase para irse a jugar al fútbol en el patio y la señorita Verídica ni siquiera se percató de su ausencia porque nunca se daba la vuelta para mirarlos.

Convencer a la profesora de Historia para que invitara al abuelo a clase no había sido tarea fácil. Jack había tenido que sobornarla con un lote de tizas de colores que había comprado en el quiosco del pueblo. Por suerte para el chico, Raj, el quiosquero, le había vendido el conjunto de tizas «de lujo» como parte de una de sus ofertas especiales, que incluía también una caja de caramelos caducados completamente gratis.

Menos mal que la de Historia era la segunda asignatura del día, pues Jack acabó llegando bastante tarde por culpa del abuelo. Para empezar, le llevó un buen rato convencer al anciano de que, cuando hablaba de «escuela», se refería a la academia de aviación y no a un centro de enseñanza media. En segundo lugar, el «atajo» por el parque resultó ser todo menos un atajo. El abuelo había insistido en trepar a la cima del árbol más alto del parque para poder «avistar a los aviones enemigos». Bajar del árbol le llevó mucho más tiempo que subir, y al final Jack

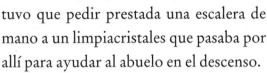

tuvo que pedir prestada una escalera de mano a un limpiacristales que pasaba por allí para ayudar al abuelo en el descenso.

Cuando por fin entraron en el recinto de la escuela, Jack consultó su reloj de muñeca de la RAF y cayó en la cuenta de que la clase de Historia había empezado hacía diez minutos. ¡Si algo no soportaba la señorita Verídica era la impuntualidad! Todos los ojos se clavaron en el chico cuando entró en el aula. Jack se puso rojo como un tomate. Detestaba ser el centro de atención.

—¿Por qué llegas tan tarde, si puede saberse? —preguntó la señorita Verídica con cara de pocos amigos, volviéndose hacia la clase.

Antes de que Jack pudiera contestar, el abuelo entró en el aula.

—Teniente coronel Bandera a su servicio, señora —dijo con un saludo militar, y luego se inclinó para besar la mano de la profesora.

—Señorita Verídica —corrigió ella con una risita bobalicona, tapándose la boca con la mano. Era evidente que se sentía halagada por las atenciones del abuelo. Seguramente hacía bastante tiempo que ningún caballero la trataba con tanta galantería. Toda la clase se contagió de la risita de la profesora y, para acallar a los alumnos, la señorita Verídica les dedicó una de sus famosas miradas asesinas. Eran tan eficaces que todos enmudecieron al instante.

—Por favor, tome asiento, señor Bandera. ¡No tenía ni idea de que iba usted a venir hoy! —comentó la profesora, fulminando a Jack con la mirada. El chico se disculpó con una gran sonrisa—. Pero ya

que ha venido, aprovechemos la visita. Tengo entendido que va usted a hablarnos de su experiencia como piloto de la RAF durante la Segunda Guerra Mundial, ¿no es así?

—¡Diana! —contestó el abuelo.

La profesora miró a su espalda, preguntándose si la tal Diana acababa de entrar por la puerta.

—¿Quién es Diana?

—Quiere decir que sí, señorita —explicó Jack.

—Levanta la mano cuando quieras hablar —le regañó la profesora antes de volverse otra vez hacia el abuelo—. Estamos empezando a estudiar la batalla de Inglaterra. ¿Sería tan amable de contarnos cómo fue su experiencia en ella?

El abuelo asintió y empezó a enroscar las guías de su magnífico bigote.

—Con mucho gusto, señora. El primer día de la batalla de Inglaterra todos nosotros sabíamos que el enemigo tramaba algo gordo. La aniquilación total, eso es lo que pretendía Hitler. Los radares detectaron un enorme escuadrón de Junkers de la Luftwaffe sobrevolando la costa británica, escoltados por aviones de combate Messerschmitt. Eran tantos que el cielo se tiñó de negro.

Desde el fondo de la clase, Jack sonreía orgulloso. Sus compañeros escuchaban embelesados las palabras del anciano. Por un momento, se sintió el chico más guay de toda la escuela.

—No había tiempo que perder. El enemigo se nos echaba encima. Si no nos dábamos prisa, acabarían con nosotros antes de que despegáramos siquiera.

—¡Oh, no! —exclamó una chica desde la primera fila, fascinada por el relato.

—¡Oh, sí! —continuó el abuelo—. Todo el aeródromo hubiese estallado en llamas. Mi escuadrón fue el primero en recibir la orden de despegar, y como teniente coronel me tocó a mí liderar la carga.

En cuestión de segundos estábamos todos volando Hasta el cielo y más allá. Mi Spitfire iba a quinientos kilómetros por hora...

—¡Madre mía! —exclamó un chico desde el fondo, apartando los ojos de la revista de deportes—. ¡Quinientos kilómetros por hora!

—El teniente general del Aire me dijo por radio que los alemanes nos superaban en número. Había cuatro de ellos por cada uno de nosotros, así que no me quedaba más remedio que darle al magín. Había que echar mano del elemento sorpresa. Ordené a mi escuadrón que se ocultara subiendo más allá de las nubes. El plan era esperar hasta tener al enemigo tan cerca que pudiéramos olerlo, y entonces ¡ATACAR!

—¿En qué fecha ocurrió eso exactamente, señor Bandera? —interrumpió la profesora—. Debo apuntarlo en la pizarra con tiza roja. El color rojo solo se usa para las fechas.

La señorita Verídica organizaba la información que ponía en la pizarra según un estricto patrón de colores:

Tiza roja: fechas
Tiza verde: lugares
Tiza azul: acontecimientos
Tiza naranja: batallas famosas
Tiza rosa: grandes citas
Tiza morada: monarcas
Tiza amarilla: políticos
Tiza blanca: líderes militares
Tiza negra: no se ve demasiado bien sobre la pizarra negra. Usar con moderación.

El abuelo se lo pensó unos instantes. Jack sintió que el corazón le daba un vuelco. Sabía que las fechas no eran su fuerte.

Pero el anciano acabó contestando con mucho aplomo:

—El tres de julio, a las once cero cero. ¡Lo recuerdo como si fuese hoy!

La profesora apuntó estos **«hechos, hechos, hechos»** en la pizarra y el abuelo siguió hablando con el chirrido de fondo de la tiza roja.

—Así que esperé hasta el último momento y, en cuanto vislumbré el primer Messerschmitt allá abajo, entre las nubes, di la orden.

¡AL ATAQUE!

—¿De qué año estaríamos hablando?

—¿Cómo dice, señora?

—¿En qué año ocurrió todo esto? —insistió la señorita Verídica.

Y entonces vino el desastre. El anciano se puso blanco como la cera.

10

¡Hechos, hechos, hechos!

Desde el fondo de la clase, Jack intervino para socorrer a su abuelo.

—Señorita, es mejor que no lo interrumpa una y otra vez con preguntas...

—¡Pero esto es una clase de Historia! ¡Queremos **hechos, hechos, hechos!** —replicó la profesora.

—Por favor, señorita Verídica, deje que el teniente coronel acabe su relato, y luego podremos dedicarnos a los hechos.

—De acuerdo —accedió la profesora a regañadientes, sin soltar la tiza roja—. Prosiga usted, si es tan amable, señor Bandera.

—Gracias, señora —dijo el abuelo—. Veamos... ¿por dónde iba?

Era evidente que el pobre hombre había perdido el hilo. Menos mal que Jack se sabía la historia al dedillo. El abuelo le había contado cientos de veces aquella hazaña en particular, pero el chico nunca se cansaba de oírla.

—En cuanto apareció el primer Messerschmitt —le recordó Jack—, nuestra flota se lanzó...

—¡AL ATAQUE! ¡Eso es, compañero! Nada más atravesar las nubes, comprendimos que aquella sería la batalla de nuestras vidas. —Los ojos del abuelo relucían de emoción. Revivía aquellos instantes como si no hubiese pasado ni un día—. El radar había detectado unos cien aviones en total, ¡pero allí debía de haber doscientos! Un centenar de Junkers, y el mismo número de Messerschmitt, mientras que nosotros solo contábamos con veintisiete Spitfire.

Los alumnos lo escuchaban boquiabiertos. La señorita Verídica estaba ocupada garabateando sus queridos **hechos, hechos, hechos** en la pizarra —minucias como cuántos aviones había por bando— con sus tizas de colores. En cuanto acabó de apuntar esos datos, volvió a coger la tiza roja (reservada para las fechas) y abrió la boca como si

fuera a hablar. Pero, antes de que pudiera decir nada, la clase al completo la mandó callar con un sonoro **«¡CHISSS!».**

El abuelo se sentía como pez en el agua. Tenía a todos los niños comiendo de su mano.

—Abrí fuego con mis ametralladoras y la batalla empezó. Fue una experiencia emocionante y aterradora a partes iguales. El cielo se llenó de balas, humo y fuego.

¡RA-TA-TÁ!

»Alcancé mi primer Messerschmitt. El piloto de la Luftwaffe se lanzó en paracaídas.

¡RA-TA-TÁ!

»¡Otro!

»Nuestra misión ese día era abatir a los Junkers, pues eran los aviones más mortíferos. Cada uno de aquellos bombarderos transportaba toneladas de explosivos. Si no los deteníamos, todas aquellas bombas lloverían sobre los hombres, mujeres y niños que vivían en Londres. Allá arriba, en las alturas, la batalla se prolongó durante lo que me parecieron horas. Ese día la RAF debió de abatir a unos cincuenta aviones enemigos —continuó el abuelo—. Y muchos de los aviones de la Luftwaffe que no fueron abatidos estaban tan dañados que tuvieron que batirse en retirada y volver por el canal de la Mancha con el rabo entre las piernas. Mi escuadrón regresó a la base, donde nos recibieron como a héroes.

Todos los niños de la clase rompieron a aplaudir como locos.

¡HURRA!

11

Una leyenda viviente

Mientras los aplausos iban decayendo, el abuelo empezó de nuevo.

—Pero no había tiempo para celebrar la victoria. Sabíamos que el enemigo no tardaría en volver con refuerzos. La batalla de Inglaterra no había hecho más que empezar. Por lo que respecta a mi escuadrón, ese día perdí a cuatro valientes pilotos.

El anciano tenía los ojos empañados.

Toda la clase escuchaba en silencio. Los alumnos estaban alucinando, ¡no podían creer que una lección de Historia pudiera ser tan emocionante!

El chico que estaba sentado al lado de Jack se volvió hacia él y susurró:

—¡Tu abuelo es una leyenda viviente!

—Lo sé —contestó él con una sonrisa.

—Bueno, muchas gracias por habernos concedido su tiempo, señor Bandera —intervino la señorita Verídica con voz chillona, rompiendo así el hechizo—. Nos acercamos al final de la lección. ¡Tengo la tiza roja a punto para tomar buena nota de todos esos **hechos, hechos, hechos** que nos faltan! ¿Sería tan amable de decirnos en qué año sucedió todo esto?

—¿En qué **año** sucedió, dice? —repuso el abuelo.

—Sí. Debo apuntarlo en la pizarra. Si mis alumnos pretenden aprobar el examen del próximo trimestre, ¡tienen que conocer todos los **hechos, hechos, hechos!** ¡Y nada más que los hechos!

El anciano la miró con aire confuso.

—La batalla de Inglaterra sucedió este mismo año.

—¿A qué año se refiere? —preguntó la profesora.

—A este, señora. 1940.

Los alumnos se rieron tímidamente. Lo decía en broma, ¿no? Jack se removió en su asiento.

La señorita Verídica les dedicó otra de sus famosas miradas letales y la clase al completo enmudeció una vez más.

—¿De veras cree usted que estamos en 1940?

—¡¡Sí, por supuesto que estamos en 1940!! El rey Jorge VI ocupa el trono y Winston Churchill es el primer ministro.

—No, no, no, señor Bandera. ¡Estamos en 1983!

—¡Imposible!

—Sí, sí, sí. La reina Isabel II ocupa el trono. Y la maravillosa señora Thatcher es la primera ministra.

El abuelo no parecía tenerlas todas consigo. De hecho, se quedó mirando a la profesora como si estuviera ¡LOQUITA DE REMATE!

—¡¿La señora Thatcher?! ¿Una mujer al frente del gobierno? ¡Creo que ha perdido usted la chaveta, señora!

—¡Yo diría que es usted el que no está bien de la cabeza, señor Bandera! Bueno, muchas gracias por su... instructiva visita —dijo la profesora con cierto retintín—. Y ahora, si es tan amable... —Como si espantara a una paloma, la señorita Verídica echó al abuelo de la silla mientras decía disimuladamente a los alumnos—: ¡No hace falta que apuntéis nada de lo que ha dicho! ¡No sabe ni en qué año vive... y va en zapatillas!

El pobre abuelo estaba plantado delante de la clase. Hasta entonces había surcado el cielo a toda velocidad, pero ahora daba la impresión de que un aterrizaje forzoso lo había devuelto a la tierra con un batacazo. Jack sufría por él.

¡RING!

La campana no podía haber sonado en un momento más oportuno. El chico nunca se había sentido tan aliviado de que se acabara una clase.

Jack se abrió paso a empujones entre sus compañeros, que ya salían en tromba, para acercarse al abuelo.

Lo que había empezado siendo la mejor lección de Historia de todos los tiempos se había convertido en una pesadilla.

Justo cuando Jack había alcanzado al abuelo, la señorita Verídica lo llamó aparte.

—Jack, ¿puedes venir un momento, por favor?

—Un segundo, señor —le dijo al abuelo, y se fue hacia la profesora arrastrando los pies.

—Prométeme que no volverás a traer a tu abuelo a mi clase —le ordenó la profesora entre dientes.

—¡Lo prometo! —replicó Jack, enfadado—. Ni por todo el oro del mundo volvería a traerlo aquí.

El chico giró sobre los talones y alargó la mano para coger la de su abuelo, cuya piel marchita era casi como la de un niño, suave y sedosa.

—Vámonos, teniente coronel. Regresemos a la base.

—No... No lo entiendo... —farfulló el anciano—. ¿Acaso no me he expresado con claridad ante las tropas? ¿Le he decepcionado?

Al ver lo mal que lo estaba pasando su abuelo, Jack apenas podía contener las lágrimas, pero hizo de tripas corazón.

—No, teniente coronel. No me ha decepcionado. Nunca lo ha hecho y nunca lo hará.

12

Haciendo novillos

Saltarse una clase era algo que Jack nunca había hecho hasta entonces. Sin embargo, tenía que asegurarse de que el abuelo llegaba a casa sano y salvo. El hombre parecía mucho más desorientado que de costumbre. La señorita Verídica le había echado plomo en las alas, y avanzaba cabizbajo.

Lo último que quería Jack era llamar a sus padres; si se enteraban de lo desastrosa que había sido la visita del abuelo a la escuela, querrían enviarlo cuanto antes a Torres Tenebrosas, así que lo llevó de vuelta a su propio piso.

Cuando ya estaban llegando, vieron a Raj al otro lado de la mugrienta luna de cristal de su tienda. El quiosquero había dado rienda suelta a su vena artística y estaba montando un escaparate más bien surrealista con sus dos ofertas especiales de la semana: regaliz y cromos de fútbol. Había enrollado las tiras

de regaliz alrededor de los cromos, de tal manera que ni una cosa ni otra resultaban demasiado atractivas. En cuanto vio a Jack y a su abuelo, Raj salió a toda prisa para saludarlos.

—¡Ah, señor Pandero! ¡Joven Pandero!

—¡Bandera! —corrigió Jack.

—¡Eso he dicho! —protestó Raj—. ¡Pandero!

Como todos los niños del pueblo, Jack tenía debilidad por el quiosquero, que siempre se las arreglaba para arrancarle una sonrisa.

—Y bien, señor Pandero, ¿cómo está mi cliente preferido? Vaya susto me llevé cuando vi que se había ido a medianoche...

—¡Ah, *char wallah*! ¡Aquí estás! —exclamó el abuelo.

—¿*Char wallah*? ¿Qué demonios es eso? —preguntó Jack, que nunca había oído esa expresión.

—Se lo pregunté a mi padre, que vive en la India —le dijo Raj en susurros—. Me contó que era el nombre con el que los soldados británicos destinados en la India durante la Segunda Guerra Mundial llamaban a los criados que les servían el té. Me parece que cada día que pasa tu abuelo está un poco más ido.

—¿Qué ocurre, *char wallah*? —preguntó el abuelo mientras iba cogiendo chocolatinas caducadas.

—¡Nada, señor! —contestó Raj—. He comprobado que es mucho más fácil seguirle la corriente... —añadió en susurros.

—Yo también —dijo el chico—. Me vendría bien un poco de ayuda para llevarlo arriba.

—Por supuesto, jovencito. Antes de irnos, ¿crees que podría interesarte un *Radio Times* de 1975? Trae la programación de la tele.

—No, gracias, Raj.

Pero el quiosquero no se rendía fácilmente.

—Muchos de los programas que ponen ahora son reposiciones, así que igual acierta.

—Creo que va siendo hora de que lo acompañemos arriba.

—Por supuesto. Dime, ¿qué me darías por este caramelo de tofe recubierto de chocolate? Alguien ha chupeteado el chocolate y le falta el corazón de tofe.

El quiosquero sacó del bolsillo un trozo de reluciente papel morado.

—¡Raj, eso es el envoltorio!

—Por eso lo pongo a mitad de precio.

—¡No queda caramelo!

—¡Puedes olisquear el envoltorio!

—¡Ya basta de cháchara, *char wallah*, gracias! —interrumpió el abuelo mientras se metía en los bolsillos unas pocas chocolatinas caducadas para más tarde—. ¡Es la hora de mi siesta!

A Jack le resultaba extraño arropar a un hombre hecho y derecho. Hasta hacía poco, era el abuelo quien lo arropaba a él cuando se iba a dormir, pero ahora los roles se habían invertido.

Últimamente, el abuelo se cansaba mucho durante el día, así que después del almuerzo solía echarse una siesta. Raj había cerrado la tienda un momento para ayudar a Jack a acompañarlo escaleras arriba.

—¡Solo voy a echar una cabezadita!

Así se refería el abuelo a su siesta. Raj corrió las raídas cortinas de la habitación mientras Jack tapaba al anciano con la manta.

—Asegúrese de que mi Spitfire esté bien cargado de combustible, comandante, si es tan amable. ¡Puede que me ordenen despegar en cualquier momento!

—Claro, abuelo, descuida —contestó Jack sin pensar.

—¿Abuelo? —preguntó el anciano, alerta de pronto.

—Quiero decir, teniente coronel —se corrigió el chico, y le dedicó un saludo militar para acabar de convencerlo.

—Eso está mejor, comandante. Puede retirarse. Estoy hecho fosfatina.

Dicho esto, el abuelo devolvió el saludo a Jack y reprimió un bostezo. No bien había cerrado los ojos, empezó a roncar como un oso.

—¡Jjjjjjjrrr! ¡Pffffff! ¡Jjjjjjjjjj! ¡rrrrrrr!...

¡Fpff! ¡JJJJJJJJ!

Cuando Jack y Raj salieron de puntillas, las guías de su mostacho subían y bajaban al compás de la respiración.

13

Pelillos de punta

Cuando volvieron a bajar al quiosco, Raj sacó dos viejas cajas de madera para que Jack y él pudieran sentarse. Luego se puso a hurgar aquí y allá en busca de algo que comer, hasta que finalmente se decantó por un huevo de Pascua abollado y medio paquete de galletas reblandecidas que por algún motivo habían ido a parar detrás del radiador.

—Muchas gracias por haber llamado a mi padre anoche, Raj —dijo Jack.

—No hay de qué, joven Pandero. Si te digo la verdad, no es la primera vez que tu abuelo se echa a la calle en plena noche.

—Lo sé —contestó el chico. Parecía preocupado. Que un hombre de la edad del abuelo vagara por las calles de madrugada y en lo más crudo del invierno podría acabar costándole la vida.

—Las otras veces siempre me las había arreglado

para seguirlo calle abajo y traerlo de vuelta a su piso. Como puedes comprobar, tengo una constitución de lo más atlética —presumió el quiosquero, dándose una palmada en la voluminosa barriga, que se estremeció como si fuera una gelatina gigante y luego siguió temblequeando durante un buen rato, como las réplicas de un terremoto—. Pero anoche no fui lo bastante rápido. Estaba un poco atontado porque acababa de comer unos bombones rellenos de licor.

Jack no acababa de creer que alguien pudiera notar los efectos del alcohol solo por comer unos pocos bombones de licor.

—¿Cuántos habías comido, Raj?

—Solo tres —replicó el quiosquero con aire inocente.

—No puede haber mucho alcohol en tres bombones...

—Tres cajas, en realidad —confesó Raj—. Hoy tengo un poco de resaca... Verás, no había podido venderlos por Navidad y estaban caducados.

—¡Pero si solo estamos en enero!

—Me refiero a la Navidad de 1979.

—Ah —replicó el chico.

—Se habían puesto todos blanquinosos —reconoció el quiosquero—. El caso es que, para cuando conseguí levantarme de la cama, vestirme y salir a trompicones, tu abuelo había desaparecido. Lo busqué calle arriba y calle abajo, pero no había ni rastro de él. Corre como una liebre cuando quiere. ¡Puede que le falle la mente, pero te aseguro que el cuerpo lo tiene en forma! Así que volví corriendo a mi piso y busqué el nombre de tu padre en el listín telefónico, aunque debo decir que vuestro apellido aparece mal escrito, y en lugar de Pandero pone Bandera.

El chico estaba a punto de interrumpir a Raj para sacarlo de su error, pero se lo pensó dos veces.

—En fin, el caso es que al final di con el número y llamé a tu padre. El señor Pandero dijo que saldría a buscarlo con el coche. Por cierto... ¿dónde demonios encontrasteis a tu abuelo al final?

—Lo buscamos durante horas, Raj —contestó Jack, retomando el hilo de la historia—, pero no donde debíamos. Mirábamos hacia abajo, cuando deberíamos haber mirado hacia arriba.

El quiosquero se rascó la cabeza.

—No te entiendo —dijo, y se metió otra galleta re-

blandecida en la boca—. Estas tienen moho —añadió, antes de zampárselas todas.

—Mi abuelo siempre repite eso de «¡Hasta el cielo y más allá!». Es algo que solía decir cada vez que despegaba, en sus tiempos de piloto de la RAF.

—Ya, ¿y qué?

—Pues que yo sabía que estaría en algún lugar elevado. A ver, ¿cuál dirías tú que es el punto más alto del pueblo?

Por un momento, Raj pareció no entender nada.

—Ese tarro de gominolas está muy alto. Necesito una escalera de mano para cogerlo.

Jack negó con la cabeza, impaciente.

—¡No! El punto más alto del pueblo es la aguja de la iglesia.

—¡Por todos los santos! ¿Cómo demonios se las arregló tu abuelo para subir a la aguja de la iglesia?

—Trepando, supongo. Quería tocar el cielo. Allá arriba, creía que iba a los mandos de su Spitfire.

—Válgame Dios. ¿Encaramado a la aguja de una

iglesia, creyendo que estaba pilotando un avión? Tiene suerte de seguir con vida. Me temo que tu abuelo está cada día peor de la cabeza.

La verdad golpeó al chico como si lo hubiese arrollado un tren en marcha, y se le llenaron los ojos de lágrimas. Instintivamente, Raj lo rodeó con un brazo.

—Tranquilo, Jack, no pasa nada por llorar. ¿Te gustaría comprar un paquete de pañuelos de papel usados?

A Jack no le hacía ninguna ilusión la idea de secarse los ojos con el mismo pañuelo en que algún desconocido se había sonado la nariz, así que contestó:

—No, Raj, gracias. Verás, el caso es que mis padres quieren meter al abuelo en esa nueva residencia de ancianos, Torres Tenebrosas.

—Vaya por Dios... —musitó el quiosquero, negando con la cabeza.

—¿Qué pasa?

—Lo siento, joven Pandero, pero ese sitio no me da buena espina. ¡Nada más verlo se me ponen todos los pelillos de punta!

—Bueno, es que está al borde del descampado...

Raj se estremeció solo de pensarlo.

—Hay quienes dicen que la única forma de salir de Torres Tenebrosas es dentro de un ataúd —añadió muy serio.

—¡No fastidies! —exclamó Jack—. Está claro que no es lugar para mi abuelo. Pero mis padres ya lo han decidido. ¡Están empeñados en llevarlo allí!

—¿Por qué no puede tu abuelo irse a vivir con vosotros?

De pronto, una amplia sonrisa iluminó el rostro del chico.

—¡Eso sería genial!

—Así se hace en la India. Los jóvenes se encargan de cuidar a los mayores. Yo, por ejemplo, tengo a mi tía, que es una señora muy mayor, viviendo arriba conmigo.

—No tenía ni idea.

—Pues sí, la tía Dhriti. Lo que pasa es que no puede salir del piso.

—¿Porque es demasiado mayor?

—No, porque está demasiado gorda. —Raj bajó la voz y alzó los ojos hacia el techo—. Siempre ha sido una mujer corpulenta, pero desde que vive encima de una tienda llena de chuches se ha **INFLADO** como un glooobo. Tendría que alquilar una grúa y echar abajo una pared si algún día la tía Dhriti quisiera salir a dar un paseo.

Jack se imaginó la escena: una mujer inmensa con un sari de colores chillones suspendida de una grúa

en medio de la calle. Luego sus pensamientos volvieron a la cuestión que los ocupaba: su abuelo.

—No tenemos una habitación para él, pero en mi cuarto hay una litera. Ahora que lo pienso, anoche el abuelo se quedó a dormir conmigo. ¡No hay ningún motivo para que no pueda quedarse a vivir con nosotros! ¡Raj, eres un genio!

—Lo sé —replicó el quiosquero.

—Me voy a ir a casa corriendo para decírselo a mis padres cuanto antes.

—¡Buena idea, joven Pandero!

El chico salió escopeteado hacia la puerta.

—Y, por favor, ten la bondad de decirles a tus padres que vengan a verme pronto. Tengo una oferta inmejorable de yogur. Bueno, yo lo llamo yogur, aunque en realidad es leche fresca de hace un mes, que...

Antes de que el quiosquero pudiera terminar la frase, el chico se había esfumado.

14

Volteretas de alegría

Ni que decir tiene que a los padres de Jack no les hizo demasiada gracia la idea de instalar al anciano en su casa. Sin embargo, el chico expuso su plan con tal entusiasmo que acabaron dando su brazo a torcer. Jack les dijo que el espacio no sería ningún problema porque el abuelo podría dormir en su cuarto, y prometió que cuidaría de él siempre que no estuviera en clase. Cuando por fin consiguió que accedieran a acoger al abuelo, se puso tan contento que le entraron ganas de ponerse a dar volteretas de alegría por todo el salón.

—Pero solo durante un tiempo, a modo de prueba —le recordó su madre.

—No estamos seguros de poder seguir cuidando de él, hijo —añadió su padre, abatido—. Los médicos han dicho que su enfermedad se irá agravando con el paso del tiempo. No quiero que te lleves un disgusto si las cosas no salen bien.

—Y como vuelva a desaparecer en plena noche —anunció su madre—, ¡se va derecho a Torres Tenebrosas!

—¡Por supuesto, por supuesto! ¡Dormirá en mi habitación, así que yo me aseguraré de que eso no ocurra! —exclamó el chico. Luego se fue corriendo a casa del abuelo con una sonrisa de oreja a oreja para darle la MARAVILLOSA noticia.

15

Roncar como un oso

Jack ayudó al anciano a empaquetar todas las pertenencias que guardaba en su diminuto piso. Aparte de los recuerdos, la verdad es que el abuelo no tenía gran cosa. Unas gafas de aviador, un tarro de cera para el bigote, una lata de carne en conserva. Luego recorrieron la corta distancia que los separaba del nuevo «cuartel general».

Tan pronto como subieron a la habitación del chico, se pusieron a jugar a que eran pilotos de la Segunda Guerra Mundial. Se suponía que deberían estar durmiendo desde hacía horas, pero despegaron juntos hacia las alturas, el abuelo en su adorado Spitfire y Jack a bordo del veloz Hurricane. «¡Hasta el cielo y más allá!», gritaron mientras se enfrentaban a la poderosa Luftwaffe. Armaron tal escandalera que a punto estuvieron de despertar a todo el barrio. En ese momento, a Jack le daba igual no tener ningún amigo al que invitar a pasar la noche. ¡Aquella era la mejor fiesta de pijamas de toda su vida! Justo cuando los dos ases de la aviación estaban aterrizando en sus respectivos aviones imaginarios, la madre de Jack aporreó la puerta de la habitación.

—¡He dicho QUE APAGUÉIS LA LUZ! —gritó.

—¡Ojalá la dichosa maritornes dejara de chillar a todas horas! —comentó el abuelo.

—¡LO HE OÍDO! —dijo la mujer al otro lado de la puerta.

Tras jugar una partida de cartas en el «comedor de oficiales» a la luz de una linterna, el anciano se acercó a la ventana y se quedó mirando el cielo desierto, donde solo un puñado de estrellas titilaba en la oscuridad.

—¿Qué hace, señor? —preguntó el chico.

—Aguzar el oído, viejo amigo, por si distingo a los aviones enemigos.

—¿Se oye algo? —preguntó Jack, todo emocionado. Se había sentado con las piernas cruzadas en la cama de arriba, rodeado por las maquetas de aviones que colgaban del techo.

—**Chisss...** —susurró el abuelo—. A veces los pilotos de la Luftwaffe apagan los motores y dejan que los aviones planeen en el cielo. La gran arma del ene-

migo es la sorpresa. Lo único que puede delatarlos es el silbido que hace el viento al rozar las alas. Escuche...

Jack intentó no pensar en nada y concentrarse en escuchar. Aquello era absurdo, se mirara como se mirase. Allí estaban, en el año 1983, tratando de oír unos aviones que no habían sobrevolado las islas británicas desde hacía casi medio siglo. Pero todo era tan real en la mente de su abuelo que no podía evitar creérselo también.

—Si fueran a venir esta noche, ya estarían aquí. Será mejor que nos vayamos al catre. Es muy probable que el enemigo esté planeando bombardearnos al alba.

—Sí, señor —dijo Jack cuadrándose ante él, aunque no sabía si esa era la forma más apropiada de desearle las buenas noches. El abuelo cerró la ventana y se fue arrastrando los pies hasta la cama de abajo.

—Buenas noches —dijo mientras apagaba la luz—. Espero que no ronque. ¡No soporto los ronquidos!

Dicho lo cual, el anciano se quedó dormido al instante y empezó a roncar como un oso en plena hibernación.

—¡JJJrrr!… ¡Pfff!… ¡Jjjjjjj!…

Las guías de su bigote se agitaban como alas de mariposa. Jack estaba acostado en la cama de arriba, totalmente despierto. Pese a los ensordecedores ronquidos, no podía estar más contento. Había evitado que el abuelo acabara en Torres Tenebrosas. Ahora que toda la familia estaba reunida bajo el mismo techo, el chico notaba un calorcillo especial en el pecho.

Apoyó la cabeza en la almohada. Debajo había escondido la llave de su habitación. Había prometido a sus padres que el abuelo no volvería a escaparse en plena noche, así que, mientras miraba hacia otro lado, había cerrado la puerta con llave. Se quedó contemplando sus maquetas de aviones, girando en la oscuridad. «Ojalá fueran reales», pensó. Cerró los ojos y empezó a imaginar que estaba en la cabina de mando de un avión de combate de la Segunda Guerra Mundial volando muy alto, por encima de las nubes.

No tardó en quedarse profundamente dormido.

16

Cama vacía

¡¡¡RrrrIIINGGG!!!

El viejo despertador de hojalata de la RAF sonó, como todos los días de lunes a viernes, a las siete de la mañana. Acostado en la cama de arriba de la litera de su habitación, Jack lo buscó a tientas y lo apagó. Con los ojos todavía cerrados, recordó de pronto que su abuelo estaba durmiendo en la cama de abajo. Se quedó unos instantes allí tumbado, esperando oír sus ronquidos. «Qué raro», pensó. No se oía ni una mosca. Sin embargo, notaba la llave de la habitación debajo de su almohada, así que la puerta tenía que seguir cerrada. Ni en sueños hubiese podido el abuelo salir de la habitación.

De repente, Jack se dio cuenta de que tenía frío. Mejor dicho, de que estaba tiritando. La parte de arriba de la manta parecía hecha de hielo. Una fina capa de escarcha cubría las maquetas de aviones suspendidas sobre su cabeza. Tenía que hacer la misma temperatura allí dentro que fuera, en la calle.

En ese momento una ráfaga de viento invernal se coló en la habitación, agitando las cortinas. ¡La ventana estaba abierta! Por unos instantes, no fue capaz de mirar hacia abajo. Tardó un rato en reunir el valor necesario. Respiró hondo y asomó la cabeza por el borde de la litera. La cama estaba vacía. No solo eso, sino que se veía tan lisa y tersa como si nadie hubiese dormido nunca en ella. Típico del abuelo. Puede que decidiera escabullirse en plena noche arriesgando la vida, pero jamás dejaría la cama deshecha. Su paso por la RAF lo había convertido en un amante del orden y la limpieza.

Jack se bajó de un brinco y fue derecho hacia la ventana. Desde allí escudriñó la larga hilera de jardines escarchados en busca de alguna señal del anciano. Luego detuvo la mirada en todos los árboles, tejados e incluso farolas, por si su abuelo se había encaramado a alguno de ellos. Nada. Más allá de los jardines quedaba el parque, desierto a esa hora de la mañana. La amplia extensión de césped se veía cubierta por una gruesa capa de hielo en la que no distinguió ninguna huella.

Hacía mucho rato que el abuelo se había ido.

17

En vano

Pasaron varios días y seguían sin noticias del abuelo. Los vecinos organizaron partidas de búsqueda, la policía intervino a petición de la familia y Jack hasta salió en el boletín de noticias de la televisión local, pidiendo entre lágrimas que regresara a casa sano y salvo.

En vano.

A sugerencia del chico, lo buscaron en todos los puntos elevados en varios kilómetros a la redonda. Las cimas de los montes cercanos, los tejados de todos los edificios altos, la aguja de la iglesia, por supuesto, e incluso las torres de alta tensión.

En vano.

Jack diseñó un cartel para intentar localizar al abuelo. Mandó hacer cientos de fotocopias en la escuela y, montado en su triciclo, recorrió las calles del pueblo para pegarlos en todos los árboles y farolas que encontró a su paso.

Pero todo fue en vano.

Cada vez que sonaba el teléfono o llamaban al timbre, Jack salía corriendo de su habitación con la esperanza de que hubiera noticias del abuelo. Pero era como si se hubiese esfumado.

El chico se sentía terriblemente culpable, y por las noches lloraba hasta quedarse dormido de puro agotamiento. Sus padres le dijeron que no era culpa suya, pero él hubiese dado cualquier cosa por haberles hecho caso.

Tal vez la residencia de ancianos fuera realmente el mejor lugar para el abuelo. Por lo menos allí estaría a salvo. Aunque le doliera reconocerlo, era evidente que la familia ya no estaba en condiciones de cuidarlo.

Cada día que pasaba, Jack lo echaba más de menos.

Y sin embargo, al cabo de un tiempo, llegó a una conclusión terrible: el mundo seguía girando; sus padres habían vuelto al trabajo. Los vecinos del pueblo habían retomado sus vidas. La historia del anciano desaparecido había dejado de ser noticia.

Lo que más lo sacaba de quicio era no saber qué le había pasado al abuelo. ¿Se habría ido para siempre? ¿O estaría perdido en algún lugar, necesitado de ayuda?

A regañadientes, el chico volvió a clase. Por lo general, le costaba concentrarse, pero ahora tenía la cabeza en las nubes, literalmente. Fuera cual fuese la asignatura, solo podía pensar en el abuelo.

Todos los días, al salir de clase, se pasaba por el quiosco de Raj para preguntarle si había alguna novedad.

¡**TILÍN!** sonó la campanilla de la puerta cuando Jack entró en el quiosco. Había pasado toda una semana desde que su abuelo había desaparecido.

—¡Ah, joven Pandero! ¡Mi cliente favorito! ¡Pasa, por favor, no te quedes ahí fuera, que hace frío! —le dijo Raj desde el otro lado del mostrador.

Jack estaba tan abatido que no podía hablar, por lo que se limitó a saludarlo con la cabeza.

—Hoy he vuelto a hojear todos los diarios, y lamento decirte que no hay noticias de tu abuelo —dijo el quiosquero.

—¡No lo entiendo! —replicó Jack—. Hasta ahora, siempre que había desaparecido habíamos podido dar con él. Esta vez es como si se lo hubiese tragado la tierra.

Raj reflexionó unos instantes sobre sus palabras y, para concentrarse mejor, cogió una piruleta del mostrador y se la metió en la boca. A juzgar por la mueca que hizo, no debió de gustarle el sabor, así que volvió a dejarla rápidamente junto a las demás, poniéndola de nuevo a la venta.

En la escuela corría el rumor de que muchas de las chuches de Raj venían «prelamidas». Ahora Jack sabía que era cierto. Por extraño que parezca, eso no disminuyó ni un ápice el cariño que le tenía al quiosquero.

—Tu abuelo es un héroe de guerra... —dijo el hombre, como si pensara en voz alta.

—¡Y que lo jures! ¡Hasta le concedieron la Gran Cruz de la Aviación! —exclamó Jack—, uno de los máximos honores a los que podía aspirar un piloto.

—... y me niego a creer que un hombre así le haya vuelto la espalda a la vida. Sigue estando ahí fuera. Lo sé.

¡TILÍN!

El chico se fue de la tienda como si tuviera alas en los pies por primera vez en muchos días. Al menos ahora Jack tenía la sensación de que había motivos para la esperanza. El motor de un avión resonó al cruzar el cielo. Miró hacia arriba, esperando ver a su abuelo por un momento. Pero, por supuesto, no era un Spitfire, sino solo un avión comercial anónimo de los muchos que volaban todos los días.

—Hasta el cielo y más allá... —dijo el chico para sus adentros, casi sin pensarlo.

Raj tenía razón; el abuelo debía de seguir ahí fuera.

Pero ¿dónde?

18

Barrabasadas

Las excursiones eran algo bastante infrecuente en la escuela de Jack. Después de que un chico se hubiese deslizado por el esqueleto del *Tyrannosaurus rex* como si fuera un tobogán en el Museo de Historia Natural, el director había prohibido todas las salidas hasta nueva orden. Aquella era solo la última de la interminable lista de travesuras cometidas por los alumnos a lo largo de los años, muchas de las cuales se habían convertido en verdaderas leyendas.

En el zoo de Londres, una chica se había colado en el hábitat de los pingüinos. Estaba convencida de que, si se subía el jersey por detrás hasta taparse la cabeza, andaba como un pato y cogía peces con la boca podría hacerse pasar por uno de ellos.

La visita a una exposición

sobre la serie *Doctor Who* había terminado en caos cuando un grupo de chicos robó los trajes de Cybermen, Sontaran y Dalek para fingir una invasión alienígena.

Cierto año, por Navidad, los estudiantes fueron al teatro a ver una comedia musical y dos de ellos robaron el disfraz de caballo. Solo los desenmascararon varios meses después, cuando intentaron competir en las carreras del hipódromo.

La excursión a un antiguo fuerte tuvo un desenlace amargo cuando un profesor salió disparado por la boca de un cañón. Lo encontraron encaramado a un árbol, tres kilómetros más allá.

En una visita al buque de guerra *HMS Victory*, un grupo de alumnos levó el ancla y zarpó a bordo del barco. Los chicos izaron una bandera con una calavera y dos tibias cruzadas y se declararon piratas. Pasaron varios meses en alta mar, hasta que los detuvo un portaaviones de la Armada británica.

La última excursión a una granja cercana había acabado en tragedia cuando los alumnos encerraron al profesor de Geografía en el cercado  de las ovejas, de donde salió esquilado. Pero peor había sido la visita del año anterior, cuando los chicos lo habían enchufado a la máquina de ordeñar.

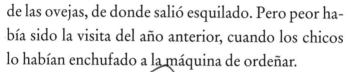

En la National Gallery, el museo de arte más importante de Londres, un chico había garabateado «Gaz estuvo aquí» con un rotulador negro en una de las obras maestras de Turner, un cuadro de valor incalculable. Al principio lo negó, hasta que le recordaron que era el único chico de toda la escuela que se hacía llamar Gaz.

Una visita al Banco de Inglaterra acabó fatal para la escuela cuando los banqueros se dieron cuenta de que les faltaba un millón de libras esterlinas. El señor Filch, el profesor de Matemáticas, sigue en la cárcel por su implicación en el robo.

Durante una visita al parque de bomberos local, el jefe de los bomberos se arrepintió de haber dejado que los chicos jugaran con una manguera antiincendios. Una profesora salió disparada hacia las alturas, propulsada por un potente chorro, y allí se quedó durante más de una hora, hasta que alguien cortó el agua.

La escuela no pudo volver al famoso museo de cera de Madame

Tussaud después de que un par de chicos huyeran llevándose la figura de Margaret Thatcher. Al día siguiente la pasearon por toda la escuela subida a un monopatín, como si la primera ministra hubiese ido de visita al centro.

Pese a esta larga lista de calamidades, la señorita Verídica pidió al director que levantara la prohibición de hacer excursiones. Finalmente obtuvo permiso para ir a visitar el Museo de Guerra Imperial de Londres con su clase de Historia.

La señorita Verídica tenía fama de ser la profesora más estricta de la escuela, y el director confiaba en que, estando ella de guardia, los alumnos no se atreverían a hacer de las suyas.

Jack andaba tan preocupado por la desaparición de su abuelo que casi se había olvidado de la excursión al Museo de Guerra Imperial. A primera hora de la mañana se subió al autocar con la cabeza en otra parte. Como suele suceder en estos casos, antes incluso de que el autocar saliera del recinto de la escuela, los alumnos ya se habían zampado toda la comida que llevaban en las fiambreras. Glotones como ellos solos.

Volver al Museo de Guerra Imperial fue una experiencia agridulce para Jack. Lo había visitado tantas veces con su abuelo que para ellos era como un segundo hogar. Pero eso era cuando el anciano aún recordaba que era su abuelo, claro está.

Cuando el autocar aparcó delante del museo, Jack lo reconoció al instante. Era un edificio impresionante, con columnas de estilo romano en la fachada, una cúpula verde en el tejado y dos cañones navales en el patio, apuntando orgullosamente al cielo.

El viaje estuvo en un tris de cancelarse antes in-

cluso de que nadie pudiera apearse del autocar. Dos chicos que iban en la última fila de asientos se habían bajado los pantalones y habían pegado el culo a la luna trasera del vehículo para escandalizar a un grupo de ancianos turistas japoneses. Después de castigarlos sin patio de por vida, la señorita Verídica se dirigió a todos los alumnos que iban en el autocar.

—¡Silencio! —gritó para hacerse oír por encima del parloteo. Los chicos habían engullido todas las pastas y tabletas de chocolate de sus fiambreras, y estaban tan hiperexcitados a causa del azúcar que no podían parar de hablar—. ¡A callar, he dicho! —berreó la profesora. Y por fin se hizo el silencio—. Hoy, todos y cada uno de vosotros os portaréis como alumnos ejemplares. Representáis a la escuela, y como sospeche siquiera que alguien *se las da de listo*, se pasa de **gracioso** o intenta hacer alguna **barrabasada**, volveremos todos derechos al autocar.

Al igual que sus compañeros de clase, Jack no tenía ni idea de qué era exactamente una «barrabasada», pero sospechaba que deslizarse por la columna vertebral de un valiosísimo esqueleto de dinosaurio entraba en esa categoría.

—¡Muy bien, aquí te-

néis vuestras fichas de ejercicios! —anunció la señorita Verídica, repartiendo un fajo de hojas DIN A4. Los chicos refunfuñaron, contrariados, pues creían que ese día se librarían de los deberes—. Hasta he traído una ficha para usted —dijo, dirigiéndose al conductor del autocar, que se la quedó mirando con los ojos como platos—. Hoy hemos venido todos aquí a buscar tres cosas: **hechos, hechos y hechos**.

Jack leyó por encima su ficha de ejercicios. Había cientos de preguntas, todas ellas relacionadas con aburridos detalles históricos. Fechas, nombres, lugares. Jack y sus compañeros de clase no tendrían tiempo de maravillarse contemplando los objetos expuestos, sino que se pasarían todo el día leyendo hasta el último letrero de la pared y apuntando hasta el último **hecho, hecho, hecho.**

El Museo de Guerra Imperial estaba abarrotado de carros de combate, armas de todo tipo y uniformes del pasado y del presente. La parte preferida de Jack era el gran salón, donde había aviones de verdad colgados del techo. En realidad, se había inspirado en ellos para montar su colección de maquetas.

El museo albergaba una extraordinaria colección de aviones de combate. Había un biplano de la Primera Guerra Mundial, el Sopwith Camel, un Focke-Wulf de la Luftwaffe y un American Mustang. Sin embargo, la joya de la corona era el avión de combate más legendario de todos los tiempos, el Spitfire.

Al verlo de nuevo, el corazón de Jack se puso a dar brincos de alegría. Aquella máquina tenía el don de hacer que el chico volviera a sentirse cerca de su abuelo.

19

Ave rapaz

La mayoría de los alumnos de la escuela solo pensaba en cruzar el Museo de Guerra Imperial a toda prisa para llegar cuanto antes a la tienda de regalos y derrochar la semanada en algo que no tuviera nada que ver con la exposición. Por ejemplo, una goma de borrar perfumada con forma de helado que pudieran ir olisqueando durante todo el trayecto de vuelta.

Jack, en cambio, solo tenía ojos para el Spitfire. Ese avión siempre había ejercido una gran fascinación sobre él, pero ese día parecía sentirla de un modo especialmente intenso. El Spitfire se había construido con el fin de matar y destruir, pero nadie podía negar que era una hermosa máquina. Cuando volvió a verlo, comprendió por qué ese modelo de avión en concreto se había convertido en toda una leyenda.

¡Si tan solo pudiera despegar! «Hasta el cielo y más allá...», musitó para sus adentros. Era una lástima que aquel magnífico avión de combate estuviera acumulando polvo en un museo cuando debería estar surcando el cielo a toda velocidad.

Se mirara como se mirase, el Spitfire era alucinante. Al verlo desde abajo, Jack se fijó en que tenía el vientre suave y pálido como el de una orca, y las alas fuertes y poderosas como las de un ave rapaz. Pero su parte preferida era la pequeña hélice de madera. Montada sobre el morro del avión, parecía un bigote militar. Era como si el Spitfire no fuese una máquina, sino todo lo contrario: una persona.

En aquella estancia de techos altos del museo había varios tramos de escaleras que conducían a una pasarela elevada desde la que los visitantes podían ver mejor todos los aviones que colgaban del techo. Pero cuando Jack subió allá arriba para observar el Spitfire más de cerca, se percató de algo curioso. La cúpula de plexiglás que cubría la cabina de mando estaba empañada. Eso significaba que en su interior debía de haber algo que generaba calor.

Más curioso aún era el sonido que provenía del interior de la cabina: una sucesión de sonoros ronquidos.

Jjjrrr! ¡Pffffff!

Jjjrrrrr!

¡Alguien dormía a pierna suelta a bordo del Spitfire!

20

Romper todas las normas

—¡No te quedes atrás, Jack! —le advirtió la señorita Verídica desde abajo antes de dar media vuelta para pasar a la siguiente sala del museo.

—¡Ya voy, señorita! —contestó el chico a gritos desde la pasarela elevada, aunque de momento no tenía intención de seguirla. Debía averiguar si había alguien durmiendo dentro del Spitfire.

—¡Hola! —llamó, proyectando la voz hacia el avión de combate.

¡Jjjjjjjjjjjjjrrrrrrrrr! Pfffffff...

No hubo respuesta.

—¡HOLA! —llamó de nuevo, levantando más la voz.

¡Jjjjjjjjjjjjjjjjjrrrrrrrrrr! Pfffffff...

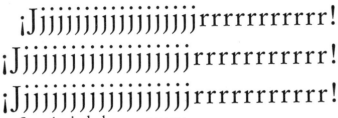

¡Jjjjjjjjjjjjjjjjjjrrrrrrrrrr!
¡Jjjjjjjjjjjjjjjjjjrrrrrrrrrrr!
¡Jjjjjjjjjjjjjjjjjjjrrrrrrrrrrr!

Seguía sin haber respuesta.

Desde la pasarela era imposible acceder directamente al Spitfire. Podía coger carrerilla y saltar, pero lo más probable era que acabara muerto. Los aviones estaban suspendidos a una gran altura.

Sin embargo, el ala del Sopwith Camel no estaba lejos de la pasarela. Si el chico se las arreglaba para encaramarse al biplano, podría arrastrarse por su superficie y saltar de avión en avión hasta alcanzar el Spitfire.

Jack podía ser muy valiente cuando pilotaba su avión imaginario, pero en la vida real nunca se había sentido demasiado audaz, sino más bien tímido y apocado. Ahora, sin embargo, se disponía a romper todas las normas.

Respiró hondo. Sin atreverse a mirar hacia abajo, se encaramó a la barandilla de la pasarela. Cerró los ojos por un momento, antes de saltar al ala del biplano de la Primera Guerra Mundial.

¡CLONC!

El Sopwith Camel estaba hecho en su mayor parte de madera y era mucho más ligero de lo que había imaginado. Su peso hizo que el antiguo avión de combate oscilara de un lado a otro. Por un momento Jack se sintió aterrado, pues temía perder el equilibrio y acabar cayendo abajo. Casi sin pensarlo, se puso a cuatro patas para repartir mejor su peso y luego, moviéndose como un cangrejo, se desplazó hasta la otra punta del ala para acercarse al siguiente avión, ni más ni menos que el temible Focke-Wulf de la Luftwaffe. Para alcanzarlo, el chico tenía que dar un salto.

Una vez más, respiró hondo y se lanzó al vacío.

¡CLONC!

Aterrizó sobre el ala del Focke-Wulf. Ahora solo había un avión entre Jack y el Spitfire. El chico estaba tan cerca que oía con toda claridad los ronquidos en la cabina de mando.

¡¡¡JJJJJJJJJJJJJJJJjjjjjjjjjjjjjjjjjj
JJJJJJJJJJJJJJJJJJJJJjjjjjjjjjjjjjjjjj
JJJJJJJJJJJJjjjjjjjjjjjjjjjjjjjjjjjjjj!!!

A no ser que hubiese un oso hibernando allí arriba, aquellos ronquidos le resultaban sospechosamente familiares...

21

Un rugido salvaje

—¡EH! ¡TÚ!—dijo un vozarrón que resonó entre las paredes del museo.

Jack tragó saliva y miró hacia abajo desde el ala del Focke-Wulf. Nunca hasta ese momento se había metido en un lío realmente gordo, y de pronto allí estaba, en el Museo de Guerra Imperial, saltando de aquí para allá sobre unos aviones que eran valiosísimas antigüedades.

Un corpulento guardia de seguridad lo miraba desde allá abajo. Era como si el museo hubiese capturado al mayor gorila de toda la selva, lo hubiese embutido en un uniforme y le hubiese calado en la cabeza una gorra con visera. Gruesos mechones de pelo negro le asomaban por la nariz, el cuello de la camisa y las orejas.

—¿Quién?, ¿yo? —preguntó el chico haciéndose el inocente, como si fuera lo más normal del mundo encaramarse al ala de un avión de combate de la Segunda Guerra Mundial que colgaba del techo del museo.

—¡SÍ, TÚ! ¡BAJA DE AHÍ!

—¿Ahora mismo? —preguntó Jack, fingiendo no entender a qué venía tanto follón.

—¡¡¡SÍ!!! El hombre estaba cada vez más enfadado, y su potente voz empezaba a sonar como un rugido salvaje.

Sus alaridos no tardaron en atraer a los demás visitantes del museo de vuelta al gran salón. Poco después, los compañeros de clase de Jack lo miraban con la boca abierta. El chico se puso rojo como un tomate. Finalmente, la señorita Verídica irrumpió en

la sala hecha una furia, arrastrando su larga falda por
el suelo.

—¡Jack Bandera! —bramó la profesora,
montando en cólera. Cuando un profesor te llamaba
por tu nombre completo, ya podías echarte a tem-
blar—. Baja de ahí ahora mismo. ¡Estás destrozando
la reputación de la escuela!

La reputación de la escuela tampoco era para tirar
cohetes, así que Jack no acababa de entender cómo
iba a destrozarla, pero no era el momento ni el lugar
para ponerse a discutir.

De hecho, tenía cosas más importantes en las que
pensar.

—¡Solo tengo que subirme al ala del Spitfire, señorita, y luego le prometo que bajaré! —anunció.

Abajo, todos los chicos rompieron a reír al unísono. Al fornido guardia de seguridad, en cambio,
nada de todo aquello le hacía ni pizca de gracia. El

hombre se subió a la pasarela. No solo parecía un gorila, sino que sabía moverse con la agilidad de un gran mono, porque en un abrir y cerrar de ojos se había encaramado al ala del Sopwith Camel. El problema era que también pesaba como un gorila, unas diez veces más que Jack. El biplano empezó a bambolearse con fuerza y su ala acabó chocando contra el avión que tenía más cerca.

¡PUMBA!!

A causa del impacto, el Focke-Wulf al que Jack se había encaramado se inclinó bruscamente.

¡ZAS!

Ahora sí que el pobre chico perdió el equilibrio. Trastabilló, cayó al vacío y se quedó colgando en el

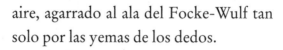

aire, agarrado al ala del Focke-Wulf tan solo por las yemas de los dedos.

—**¡Ay!** ¡Ay, maaadre! —gritó Jack, muerto de miedo.

—**¡Aguanta, Jack!** —chilló la señorita Verídica desde abajo. En el gran salón del Museo de Guerra Imperial nunca se había vivido una escena igual—. Mi reputación se irá al garete si uno de mis alumnos muere estando a mi cargo.

Jack notaba cómo los dedos le resbalaban, uno tras otro, de la fría y reluciente superficie metálica del Focke-Wulf.

—**¡NO TE MUEVAS DE AHÍ!** —vociferó el guardia de seguridad.

«¿Dónde podría ir?», pensó el chico.

El suelo estaba muuuuy a
b
a
j
o.

22

Una cabezadita

Justo entonces, Jack creyó ver que la cabina de mando del Spitfire se abría.

—¿A qué viene tanto jaleo? ¿Acaso no puede un piloto echar una cabezadita en paz?

—¡¡Abuelo!! —gritó el chico, loco de alegría porque al fin lo había encontrado.

—¿A quién llamas abuelo? —preguntó el anciano. Últimamente nunca contestaba cuando lo llamaban así, pero a Jack no le resultaba fácil recordarlo.

—¡Teniente coronel! —se corrigió.

—¡Eso está mejor! —exclamó el anciano mientras salía con dificultad de la cabina de mando y se plantaba en el ala del Spitfire. El abuelo miró hacia abajo y vio que estaba suspendido a gran distancia del suelo—. ¡Seré tonto! ¡Aún debo de estar volando! —farfulló para sus adentros, y se dio la vuelta para volver a meterse en la cabina de mando.

—¡No, señor, no está usted volando! —dijo el chico.

El abuelo sacó la cabeza para mirar a la creciente multitud reunida allá abajo.

—Esto es de lo más inusual.

—Mmm... teniente coronel... —dijo el chico, tratando por todos los medios de captar la atención del anciano.

El hombre miró hacia el lugar del que provenía la voz de Jack y lo vio colgado de las yemas de los dedos.

—Comandante, ¿se puede saber qué demonios hace usted ahí abajo? Deje que le eche una mano, viejo amigo.

Arrastrando los pies por el ala del Spitfire, el abuelo se acercó al punto desde el que Jack se mecía suspendido en el vacío y le cogió la mano. Pese a su avanzada edad, era un hombre sorprendentemente

fuerte. Jack, por su parte, nunca había sido demasiado atlético, por lo que agradeció la ayuda.

El abuelo izó al chico de un tirón hasta el ala del Spitfire.

Abajo, todos los alumnos empezaron a aplaudir entre gritos de júbilo.

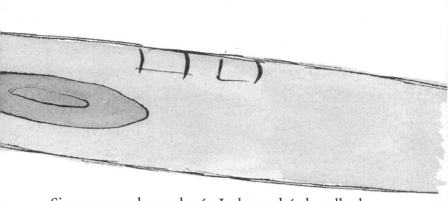

Sin pensar en lo que hacía, Jack se echó al cuello de su abuelo y le dio un gran abrazo. El anciano llevaba más de una semana desaparecido, y había llegado a creer que nunca volvería a verlo.

—¡No olvide que estamos en guerra, comandante! —le dijo el abuelo. Con gentileza, apartó las manos del chico de su cintura y ambos se saludaron al modo militar.

—¡OS HABÉIS ME-TIDO EN UN BUEN LÍO! —gritó de pronto una voz a sus espaldas. Era el guardia de seguridad.

Justo entonces aquel ser, mitad hombre, mitad gorila, cogió carrerilla y saltó desde el Focke-Wulf hasta el ala del Spitfire. Debido al exceso de peso, el cable que sostenía el avión se tensó, se estiró...

¡Tuoing!
¡ÑEEEC!

Hasta que finalmente...

¡CRAC!

El ala del Spitfire se inclinó y quedó perpendicular al suelo; un solo cable sostenía ahora el avión.

Las tres siluetas resbalaron por el ala del aparato mientras allá abajo la multitud contenía la respiración.

En el último momento, el abuelo logró aferrarse a la hélice del avión y Jack se las arregló para cogerse a una de las zapatillas del anciano. El guardia de seguridad, a su vez, colgaba de uno de los tobillos del chico, y todos ellos oscilaban de un lado para otro como si fueran trapecistas.

—¡Agárrese bien, comandante! —gritó el abuelo desde arriba.

GIRAR EN EL SENTIDO DE LA FLECHA

—¡Lo mismo digo, teniente coronel! —contestó el chico.

Por debajo de ellos se oían unos sollozos.

—¡NO QUIERO MORIIIIR! —lloriqueó el guardia de seguri-

dad, reprimiendo las lágrimas.

—¡Mire hacia abajo! —le ordenó la señorita Verídica sin inmutarse.

—¡ME DA MIEDO! —gimió el hombretón con voz temblorosa, cerrando los ojos con todas sus fuerzas.

—¡Por el amor de Dios, está usted a un palmo del suelo! —dijo la profesora con un suspiro de exasperación.

Despacio, el guardia de seguridad abrió los ojos y miró hacia abajo. Como era el último eslabón de aquella cadena humana, sus botas casi rozaban el suelo.

—¡Ah! ¡Vaya! —exclamó, avergonzado por haber dejado que un grupo de colegiales lo viera gimoteando de miedo. El hombretón contó hasta tres y soltó el tobillo de Jack.

Ya en el suelo, se volvió hacia la profesora.

—Me ha salvado usted la vida... —dijo con la voz rota por la emoción, y la estrechó entre sus brazos, levantando a la señorita Verídica del suelo.

—¡Cuidado con mis gafas! —protestó la mujer. Saltaba a la vista que lo estaba pasando mal, sobre todo cuando se dio cuenta de que los chicos reprimían la risa al ver a su profesora, siempre tan seria y recatada, en brazos de un hombre.

—¿Y qué pasa con nosotros? —preguntó Jack, que seguía colgado del tobillo de su abuelo.

—¡Yo os cogeré! —anunció el guardia de seguridad, en un intento de recuperar el honor perdido—. A la de tres. ¡Una, dos, tres!

—¡Allá vamos! —gritó el abuelo.

Antes de que el guardia pudiera abrir la boca, el anciano también se había soltado.

En un abrir y cerrar de ojos, Jack y su abuelo se desplomaron sobre el guardia de seguridad, cuyo corpachón resultó perfecto para amortiguar la caída.

¡CATAPLÁN!

Aquello sí que lo dejó fuera de combate. El hombre quedó tendido de espaldas en el suelo del museo.

—¡Apartad! —ordenó la profesora—. ¡Tengo que hacerle el boca a boca!

Ni corta ni perezosa, la señorita Verídica se inclinó para insuflar aire en los pulmones del hombretón. Solo estaba un poco aturdido, por lo que no tardó en volver en sí.

—Gracias, ¿señorita...? —dijo el guardia de seguridad.

—Verídica. Pero puede usted llamarme Veronica.

—Gracias, Veronica.

Se miraron a los ojos, sonriendo.

Luego, al alzar los ojos, la señorita Verídica reconoció al abuelo.

—¡Vaya, usted otra vez, señor Bandera! ¡Debí sospecharlo!

Con un guardia de seguridad tirado en el suelo y un Spitfire de incalculable valor a punto de caer del techo, Jack creyó que lo mejor sería comportarse como si nada hubiese pasado.

—Bueno, ya podemos dar la batalla de Inglaterra por zanjada, señorita Verídica —dijo en tono dicharachero—. ¿Qué toca ahora?

—Ahora... —empezó la profesora, a punto de perder los estribos—, ¡voy a llamar a la policía!

23

Frutos secos y bayas silvestres

Como la mayoría de los niños, Jack siempre había querido subirse a un coche de policía, pero al volante, persiguiendo a los malos, y no sentado en el asiento trasero, acompañando a un familiar al que acababan de detener.

El coche patrulla cruzó las calles de Londres con la sirena **A TODO TRAPO.** Los llevaban a la sede de Scotland Yard para someterlos a un interrogatorio, aunque el abuelo parecía convencido de que «el enemigo» los había capturado. La policía lo acusaba de «atentar contra el patrimonio histórico». El chico había intentado explicar al agente que si el guardia de seguridad no hubiera pesado tanto el cable del que colgaba el Spitfire nunca se habría roto. Ni que decir tiene que no consiguió sacar al abuelo del atolladero. El policía era un hombre de aspecto severo. Iba sentado al volante y no dijo una sola palabra durante todo el trayecto hasta la sede de Scotland Yard.

En un momento dado, Jack se volvió hacia el abuelo y le dijo:

—Abue... Quiero decir, teniente coronel...

—¿Sí, viejo amigo?

—¿Cómo es que estaba usted durmiendo en la cabina de mando de su avión? —Con todo el jaleo, había olvidado preguntárselo.

Por unos instantes, el abuelo lo miró como si no supiera qué contestar. Llevaba una semana desaparecido. El Museo de Guerra estaba a muchos kilómetros de su casa.

—Todo empezó cuando me lancé en paracaídas más allá de las líneas enemigas... —dijo el abuelo al cabo de un rato.

Era evidente que estaba muy confuso y trataba de hilvanar como podía los sucesos de la última semana.

«Así debe de ser como recuerda haber saltado por la ventana de mi cuarto», pensó el chico.

—Vagué durante muchos días y noches —continuó el abuelo—, evitando las carreteras principales, buscando el abrigo de los campos de cultivo y el bosque. Tal como nos han enseñado a hacer en la RAF cuando nos hallamos en territorio ocupado.

«Por eso nadie lo vio», se dijo Jack. El chico se

fijó en las zapatillas de su abuelo: estaban cubiertas de barro y parecían empapadas.

—Pero ¿cómo se las ha apañado para sobrevivir? —preguntó Jack.

—Comiendo frutos secos y bayas silvestres, y bebiendo agua de la lluvia.

—¿Y durmiendo al raso?

—¿Qué mejor manera de dormir, comandante, que bajo las estrellas? Seguro que usted también lo ha hecho más de una vez... —comentó el anciano.

—No, nunca —contestó el chico, avergonzado. La vida de su abuelo había sido cien veces más emocionante de lo que nunca sería la suya—. Pero ¿cómo se orientaba?

—Supe que había cruzado la frontera y vuelto a entrar en territorio aliado cuando avisté un gran letrero a lo lejos, en la carretera principal.

—¿Y qué había en ese letrero? —preguntó Jack.

—¡La imagen de un Spitfire! ¡Con indicaciones y todo! Algo de lo más inusual.

«¡Una valla publicitaria del Museo de Guerra Imperial!», dedujo el chico.

—Tendré que informar de esto al teniente general del Aire, porque es como si anunciáramos a bombo y platillo dónde queda la base más cercana de la RAF. ¡Si el enemigo consigue desembarcar con sus tropas terrestres, no tiene más que seguir las indicaciones para plantarse allí en un santiamén!

El chico no pudo evitar sonreír. Todos los demás veían la enfermedad del anciano como un problema, pero a Jack el funcionamiento de su mente le parecía poco menos que mágico.

—Se estaba haciendo de noche cuando por fin llegué a la base aérea —continuó el hombre—. Había unos pocos granujas rondando el hangar principal, supongo que los habían evacuado...

El Museo de Guerra siempre estaba lleno de niños. «Se referirá a eso», supuso Jack.

—Lo primero que hice fue ir al cuarto de baño. No iba de vientre desde hacía una semana, ¡y tenía las tripas revueltas de tanto comer frutos secos y bayas! Estaba tan cansado que debí de quedarme dormido en la taza del váter. No fue más que una cabezadita, pero cuando me desperté alguien había apagado todas las luces. Deambulé durante horas en la oscuridad, hasta que al final di con mi Spitfire. Eso sí, tuve que saltar de avión en avión para llegar hasta él.

¡Suerte tenía el abuelo de seguir con vida! Encaramarse a todas esas reliquias suspendidas del techo ya era bastante peligroso a plena luz del día.

—Y entonces, ¿qué pasó, señor? —preguntó Jack, intrigado.

—Entonces se me ocurrió salir a dar una vuelta con el Spitfire. Hasta el cielo y más allá, ya sabe. ¡Pero no hubo manera de arrancar el motor! Se había quedado sin gota de combustible... —El abuelo enmudeció de pronto, y en su rostro había ahora un gesto de perplejidad—. Luego... luego... supongo que debí de quedarme dormido otra vez en la cabina de mando. Otra cabezadita corta, usted ya me entiende.

—Por supuesto, señor.

Ninguno de los dos dijo nada por unos instantes, hasta que el chico rompió el silencio. Quería tanto a su abuelo que tenía la impresión de que el corazón iba a estallarle en el pecho.

—No sabe usted lo preocupados que nos tenía...

El abuelo soltó una risotada.

—¡No hay de qué preocuparse, viejo amigo! —exclamó, riendo entre dientes—. Ni toda la Luftwaffe de Hitler podría detenerme. ¡Como dos y dos son cuatro que este viejo piloto siempre se las arreglará para seguir dando guerra!

24

Grande como un armario

En la sede de Scotland Yard reinaba la confusión. Ninguno de los agentes de policía sabía qué hacer con aquel estrafalario anciano que se había encaramado a un avión en el Museo de Guerra Imperial.

Sin embargo, lo acusaban de haber cometido un delito grave: atentar contra el patrimonio histórico. Debido al caos que se había desatado ese día en el museo, tres de los antiguos aviones de combate deberían someterse a reparaciones muy costosas. Así que llevaron al abuelo al sótano de Scotland Yard y lo guiaron hasta una sala de interrogatorios. Jack suplicó a los agentes que le dejaran acompañarlo. Les explicó que a veces se le iba la cabeza y que podría necesitar su ayuda. El chico se preguntó qué más podría pasarle a su abuelo. ¿Lo llevarían a juicio?, ¿a la cárcel? Sabía que el anciano se había metido en un gran lío. La gran pregunta era: ¿cómo de grande?

La sala de interrogatorios era un cuartucho oscuro, y todo lo que había en su interior era de color gris: las paredes, la mesa, las sillas. Una bombilla desnuda colgaba del techo. No había ventanas, sino solo una pequeña rendija en lo alto de la puerta por la que podían espiarlos desde fuera.

Llevaban un buen rato allí solos cuando aparecieron cuatro ojos en la rendija de la puerta.

Se oyó el traqueteo de unas llaves en la cerradura, y la enorme puerta metálica se abrió.

En el umbral aparecieron dos inspectores de policía vestidos de paisano. El interrogatorio estaba a punto de empezar.

Uno de los inspectores era muy alto y corpulento, grande como un armario. Por el contrario, su compañero en la lucha contra el crimen era delgado como un palillo. De lejos, hasta podría confundirse con un taco de billar.

Ambos hombres intentaron entrar al mismo tiempo en la sala de interrogatorios. Como era de esperar, quedaron atrapados en el hueco de la puerta, restregándose entre sí con aquellos trajes grises de tela lustrosa y barata que les sentaban como un tiro.

—¡Estoy atascado! —exclamó el más corpulento, el inspector Tonelete.

—Yo no tengo la culpa, *Agapito* —replicó el hombre delgado, el inspector Pocachicha.

—¡No me llames *Agapito* delante del sospechoso! —dijo Tonelete entre dientes.

—¡Pero *Agapito* es tu nombre, *Agapito*!

—¿Puedes dejar de repetirlo?

—¡Lo siento, *Agapito*! No volveré a llamarte *Agapito* nunca más. ¡Te lo prometo, *Agapito*!

—¡Y dale!

Era evidente que el grandullón detestaba ese nombre, que resultaba un poco ridículo para un policía. Sin duda hubiese preferido otro más sonoro, como Ramón, Arturo o incluso Robustiano.

Finalmente, *Agapito* se las arregló para entrar en

la habitación, aunque para ello tuvo que aplastar a su compañero.

—¡Me haces daño! —gritó Pocachicha.

—¡Lo siento! —replicó Tonelete.

Jack reprimió una carcajada cuando los dos policías irrumpieron a la vez en la sala de interrogatorios. Con todo el jaleo, dejaron la puerta abierta de par en par con el manojo de llaves colgando de la cerradura.

—¡La Gestapo! —dijo el abuelo en susurros—. ¡Yo me encargo de ellos!

La Gestapo era la temible policía secreta de Hitler, nada que ver con aquellos dos papanatas. Pero cuando al abuelo se le metía algo en la cabeza, no había modo de llevarle la contraria, así que Jack no se molestó en sacarlo de su error.

Después de sacudirse los trajes y enderezarse las corbatas, aquel dúo nada dinámico de inspectores se sentó frente a Jack y su abuelo.

Hubo un silencio incómodo que duró

una eternidad. Ambos policías parecían esperar a que el otro tomara la palabra.

—¿No vas a decir nada? —susurró Tonelete al final, sin apenas separar los labios.

—¿No habíamos acordado que empezabas tú? —replicó Pocachicha.

—Ah, sí, es verdad. Perdona.

—Hubo una pausa—. Pero no sé qué decir.

—Si nos disculpan un segundo... —dijo Pocachicha. Los dos inspectores sonrieron abochornados y se apartaron de la mesa una vez más. A Jack todo aquello le parecía descacharrante, pero disimulaba como podía, mientras que el rostro del abuelo era la viva imagen del desconcierto.

Los dos inspectores se pusieron a hablar en voz baja en un rincón del cuartucho gris, como dos jugadores de rugby decidiendo la siguiente jugada. Pocachicha daba órdenes a Tonelete.

—Escucha, Agapito, ya hemos pasado por esto. Uno hace de poli bueno y el otro hace de poli malo. No falla nunca.

—¡Entendido!

—¡Estupendo!

Tonelete se quedó pensando unos instantes.

—¿Cuál de los dos era yo?

—¡El poli bueno!

Pocachicha empezaba a desesperarse.

—¡Pero yo quiero ser el poli malo! —protestó Tonelete. Saltaba a la vista que era el más infantil de los dos.

—¡SIEMPRE soy yo el que hace de poli malo! —replicó Pocachicha.

—¡No es justo! —lloriqueó Tonelete, como si fuera un niño y el chulito de la clase le hubiese robado el helado.

—¡Vale, vale! —cedió Pocachicha—. ¡Puedes hacer de poli malo!

—¡TOMA YA! —exclamó Tonelete levantando el brazo con gesto triunfal.

—Pero solo por hoy.

Jack empezaba a impacientarse.

—Perdonen, pero ¿van a tardar mucho? —preguntó.

—No, no. Ya casi estamos —contestó Pocachicha. Luego se volvió de nuevo hacia su compañero—. A ver, empiezo yo. Como soy el poli bueno, diré algo agradable, y entonces tú vas y sueltas algún comentario con mala uva.

—¡Entendido! —dijo Tonelete.

Los dos inspectores regresaron a sus asientos. El más delgado fue el primero en hablar.

—Como sabe, atentar contra el patrimonio histórico es un delito grave. Pero recuerde que somos sus amigos. Estamos aquí para ayudarlo. Solo queremos que nos explique qué se proponía hacer con esos antiguos aviones de combate.

—Eso es —intervino Tonelete—. Si es tan amable.

El inspector Pocachicha gimió de desesperación.

25

Un pozo sin fondo

En la sala de interrogatorios, las cosas no estaban saliendo según lo previsto. El inspector Pocachicha arrastró al inspector Tonelete hasta el mismo rincón de antes.

—¡Serás ceporro! ¡Se supone que eres el poli malo! No puedes llegar y decir «Si es tan amable».

—¿Ah, no? —preguntó Tonelete con aire inocente.

—¡Pues claro que NO! Tienes que dar miedo.

—¿Miedo?

—¡SÍ!

—No estoy seguro de poder dar miedo. No es fácil dar miedo cuando te llamas Agapito.

—No creo que sepan cómo te llamas.

—¡Pero si lo has dicho unas cien veces! —protestó Tonelete.

—Ah, sí. Lo siento, Agapito —replicó Pocachicha.

—¡Acabas de volver a hacerlo!

—Perdona, Agapito.

—¡Otra vez!

—¡Te prometo que no volverá a pasar, Agapito!

—¡Por favor, deja de decir mi nombre! ¿Sabes qué? Será mejor que yo haga de poli bueno.

—¡Pero si acabas de decir que querías ser el poli malo!

—Lo sé... —Tonelete parecía avergonzado—. Pero he pensado que me gustaría volver a intercambiar los papeles. Si eres tan amable.

Pocachicha accedió de mala gana. El interrogatorio se estaba convirtiendo en una farsa.

—De acuerdo, de acuerdo. Haz lo que quieras. Tú serás el poli bueno, Agapito, y yo seré el poli malo.

—Gracias. Y por favor, recuerda que no debes llamarme Agapito delante del sospechoso.

—Perdona, ¿he vuelto a llamarte Agapito?

—Sí, acabas de hacerlo —contestó Tonelete.

—Lo siento, Agapito —repuso Pocachicha.

Jack no podía seguir reprimiéndose, y se le escapó una sonora carcajada.

—¡Ja, ja, ja!

—¿Y tú de qué te ríes? —preguntó Tonelete con cara de pocos amigos.

—¡De nada, *Cigapito*! —contestó el chico, burlándose del hombretón.

Cigapito parecía furioso.

—¡Ahora saben cómo me llamo! ¡Y todo por tu culpa!

Pocachicha no iba a consentir que le cargaran el mochuelo.

—Más culpa tienen tus padres, la verdad, ¡por haberte puesto ese nombre tan ridículo!

—¡*Cigapito* no es un nombre ridículo! —bramó Tonelete.

He aquí otros nombres que los señores Tonelete barajaban para poner a su rechoncho bebé:

Si era niño:
GUMERSINDO
PRIMITIVO
SINFOROSIO
ABUNDIO
SATURNINO
Si era niña:
OBDULIA
PASPASIA
TIBURCIA
PETRONILA
VENANCIA

—Qué va, es un nombre de lo más normal y corriente... —le soltó el inspector Pocachicha con retintín. Luego, recordando dónde estaba, añadió—: Oye, tenemos que interrogar al sospechoso, ¿recuerdas?

—Sí, sí. Lo siento.

—Y acuérdate de que eres el poli bueno, así que intenta mostrarte amable.

—Sí, sí, soy el poli bueno. Poli bueno, poli bueno, poli bueno —repitió Tonelete una y otra vez como si fuera un mantra para no olvidarlo.

—¡A por ellos! —exclamó Pocachicha con decisión.

—¿Crees que tengo tiempo de ir a hacer un pipí? —preguntó Tonelete.

—¡No! ¡Te he dicho que fueras al baño antes de empezar!

—¡Pero es que entonces no tenía ganas!

—¡Tendrás que aguantarte!

—¿Cómo?

—¡Cruza

las piernas o algo por el estilo! ¡Hagas lo que hagas, no pienses en un chorrito de agua!

—¡Vaya, ahora que lo has dicho no puedo pensar en otra cosa!

—¡Inspector Tonelete! ¡Nos estás haciendo quedar a los dos como un par de zoquetes!

—¡Lo siento!

—Y se supone que somos dos de los mejores inspectores de Scotland Yard.

—¡Si no los mejores!

—¡Pues no se hable más!

Tonelete y Pocachicha volvieron a la mesa con nuevos bríos.

—Veamos... —empezó Tonelete—. ¿Les gustaría venir a casa a cenar?

Jack y el abuelo intercambiaron una mirada, mudos de asombro.

—¡Tampoco hay que pasarse de amable, Agapito! —gritó Pocachicha.

—¡Me has dicho que haga de poli bueno!

—¡Pero no tanto como para invitarlos a cenar! Tonelete se lo pensó unos instantes.

—¿A almorzar, entonces?

—¡NO!

—¿A desayunar?...

—¡NO! Oye, Agapito...

—No me llames Agapito...

—Oye, Agapito, a partir de ahora yo llevaré la voz cantante, ¿de acuerdo?

Tonelete se puso de morros. Estaba tan sumamente enfurruñado que se negaba a hablar, asentir o tan siquiera mirar a nadie a los ojos, y se limitaba a encogerse de hombros cada vez que le dirigían la palabra.

Pocachicha miró al abuelo con dureza y siguió adelante por su cuenta.

—Tres aviones antiguos de incalculable valor han sufrido graves daños. ¿Me lo quiere explicar?

—¡Mi abuelo no pretendía estropearlos! —protestó Jack—. ¡Ha sido un accidente, se lo juro!

—Está usted muy callado, señor mío... ¿No va a defenderse? —preguntó Pocachicha sin andarse por las ramas.

Jack miró a su abuelo. ¿Estaría a punto de decir alguna cosa que lo hundiera

todavía más

en un pozo

sin

fondo?

26

Cambio de tornas

En la sala de interrogatorios del sótano de Scotland Yard, Jack miraba a su abuelo con el corazón en un puño. ¿Qué iba a decir? El anciano se alisó la corbata del uniforme de la RAF antes de mirar al inspector Pocachicha directamente a los ojos.

—¡Yo también tengo unas pocas preguntas para vosotros! —anunció.

—¿Qué demonios está haciendo, señor? —le preguntó Jack en susurros.

—La única manera de derrotar a la Gestapo es luchar con sus mismas armas —contestó el abuelo.

—¡Habrase visto! ¡Estaría bueno que usted nos interrogara a nosotros! La cosa no funciona así —replicó Pocachicha, como si no acabara de dar crédito a lo que oía.

El inspector ignoraba que el abuelo no era de los que tiran la toalla fácilmente.

—¿Cuál es la fecha fijada para la operación León Marino? —preguntó el anciano con mucho aplomo.

—¿Operación qué? —replicó Tonelete.

—¡No os hagáis los tontos conmigo! ¡Sabéis muy bien de qué estoy hablando! —gritó el abuelo, levantándose y empezando a pasearse por el cuartito.

Los dos inspectores intercambiaron una mirada. Estaban más confusos incluso que el abuelo. No imaginaban a qué se refería.

—No, no lo sabemos —contestó Pocachicha.

—Jamás ganaréis esta guerra. ¡Ya se lo estáis diciendo de mi parte a vuestro amiguito el señor Hitler!

—¡Yo a ese no lo conozco! —protestó Tonelete.

—¡Ninguno de vosotros saldrá de esta sala hasta que me digáis cuál es la fecha prevista para la ofensiva terrestre!

Como antiguo oficial de la RAF, el abuelo hablaba con una autoridad que le salía de un modo natural. Los dos inspectores se habían arrugado ante aquel inesperado cambio de tornas. Jack, por su parte, estaba impresionado.

—Pero yo había quedado para jugar al bádminton esta tarde... —gimoteó Pocachicha.

El abuelo dejó de dar vueltas por la sala de interrogatorios, se inclinó sobre la mesa y pegó su rostro a los de Tonelete y Pocachicha. Pese a su avanzada edad, era un hombre de armas tomar.

—¡No saldréis de esta sala hasta que cantéis!

—¡Pero yo tengo que ir a hacer pipí, lo digo en serio! —protestó Tonelete—. Me lo voy a hacer encima...

El pobre hombre parecía a punto de echarse a llorar.

—¡DECIDME CUÁNDO SE LANZARÁ LA OPERACIÓN LEÓN MARINO!

—¿Qué hacemos? —preguntó Tonelete en susurros.

—¡Le decimos lo primero que se nos ocurra! —contestó Pocachicha.

Los dos hombres contestaron al unísono:

—¡El lunes!

—¡El jueves!

Con semejante respuesta, solo consiguieron quedar como los mentirosos que en realidad eran.

—¡Vámonos, comandante! —ordenó el abuelo, y Jack se puso firmes—. Los dejaremos aquí encerrados para que se lo piensen mejor. ¡Nos vemos por la mañana! —Se volvió hacia los dos policías—. ¡Será mejor que para entonces estéis dispuestos a decir la verdad, u os aseguro que os arrepentiréis, por mis galones!

Dicho lo cual, el anciano se fue a grandes zancadas

hasta la pesada puerta metálica de la sala de interrogatorios, seguido de cerca por Jack. Los dos inspectores contemplaban la escena mudos de perplejidad. El chico tuvo la picardía de coger el manojo de llaves y cerrar la puerta a su espalda. El corazón le latía a mil por hora cuando giró la llave en la cerradura y dejó a los dos policías encerrados en la habitación.

CLIC.

En ese instante, los policías comprendieron que se habían dejado engatusar por los sospechosos. Corrieron hacia la puerta e intentaron abrirla, pero ya era tarde. Empezaron a aporrearla, pidiendo auxilio.

—Ha estado usted genial, señor. Y ahora... ¡a correr! —exclamó Jack, tirando del brazo del abuelo.

—Una última cosa, comandante —replicó el anciano. Abrió el ventanuco de la puerta y gritó:

—¡Por cierto, Agapito es un nombre ridículo!

Luego Jack y su abuelo echaron a correr por el pasillo, subieron la escalera a toda prisa y salieron de la sede de Scotland Yard como alma que lleva el diablo.

27

Más allá de las líneas enemigas

Gracias a su formación en la RAF, el abuelo sabía muy bien cómo evitar que lo capturaran si se veía atrapado más allá de las líneas enemigas. Todos los pilotos tenían que saberlo, pues las probabilidades de que los apresaran en territorio hostil eran muy altas.

Jack y el abuelo huyeron de la ciudad evitando las calles principales y el resplandor de las farolas. Al abrigo de la oscuridad, escalaron el muro de la estación de trenes más cercana y saltaron al techo de un tren que iba en la dirección adecuada. Temblando de

frío y agarrándose con uñas y dientes, volvieron a casa encaramados al tren.

—¿Por-por-por qué tenemos que-que-que estar aquí arriba, te-te-teniente co-coronel? —preguntó Jack. Le castañeteaban los dientes.

—Conociendo a la Gestapo, seguro que han interceptado el tren y están identificando a todos los pasajeros para intentar dar con nosotros. Estamos mucho más seguros aquí arriba.

Justo entonces, Jack vio que el tren estaba a punto de entrar en un túnel, y el abuelo le daba la espalda.

—¡Ag-ag-agáchese! —gritó el chico.

El anciano miró hacia atrás y se dejó caer sobre el vagón, quedando tendido al lado de Jack. Justo a tiempo. Cuando dejaron atrás el túnel, el abuelo se puso de rodillas.

—¡Gracias, comandante! —dijo—. ¡Por los pelos!

En ese momento, una rama baja lo golpeó en la nuca.

¡ZASCA!

—¡Ay!

—¿Se encuentra bien, señor?

—Sí, perfectamente, viejo amigo —replicó el abuelo—. ¡Mecachis en el enemigo, que ha puesto ahí esa maldita rama!

Jack estaba bastante seguro de que el señor Hitler y compañía no habían tenido nada que ver con el percance, pero decidió no llevarle la contraria.

Era casi medianoche cuando por fin llegaron a la estación del pueblo. Poco después, enfilaban la calle del abuelo. Su plan era esconderse en el piso del anciano durante un tiempo. Después de todo lo que había pasado en el Museo de Guerra Imperial y en la sede de Scotland Yard, el chico pensó que era mejor no volver directamente a la casa familiar.

Para sorpresa de Jack, había luz en la tienda de Raj. El quiosquero estaba despierto, cargando las pilas de diarios del día siguiente que el repartidor acababa de dejar frente a su puerta. El chico sabía que podían confiar en él. Y era una suerte, porque tanto el abuelo como él eran ahora forajidos que huían de la justicia.

—¡Raj! —llamó.

El quiosquero escudriñó las sombras.

—¿Quién anda ahí?

Jack y su abuelo avanzaron por la calle de puntillas, pegados a las paredes para evitar la luz. Pasaron unos segundos hasta que el quiosquero los reconoció.

—¡Jack! ¡Señor Pandero! ¡Menudo **susto** me habéis dado!

—Lo siento, Raj, no era nuestra intención asustarte. Lo que pasa es que no queríamos que nos viera nadie —dijo el chico.

—¿Por qué no?

—¡Es una larga historia, *char wallah*! —contestó el abuelo—. Tendré mucho gusto en contártela mientras tomamos unas pintas de cerveza en el comedor de oficiales.

—¡Cuánto me alegro de que esté sano y salvo, señor! —exclamó el quiosquero.

Un coche dobló la esquina y los alumbró con sus faros.

—Será mejor que entremos... —dijo Jack.

—Sí, sí, claro —convino Raj—. Pasad, pasad. ¡Y ya de paso traed un fajo de diarios, por favor!

28

Una llamada muy cara

El quiosquero abrió la puerta de la tienda e hizo pasar a Jack y al abuelo. Ya en sus dominios, indicó por señas al anciano que se sentara en una de las pilas de diarios.

—Póngase cómodo, señor.

—Muy amable por tu parte, *char wallah*.

—¿Tenéis hambre? ¿Sed? Joven Pandero, coge lo que te apetezca.

—¿En serio? —preguntó Jack. Para un chico de doce años, aquella era una oferta de lo más tentadora—. ¿Lo que sea?

—¡Lo que sea! —exclamó Raj—. Sois mis clientes preferidos de todos los tiempos. Por favor, dejad que os invite. Coged todo lo que queráis.

Jack sonrió.

—Muchas gracias.

Después de todas las peripecias del día, necesitaba reponer energías, así que cogió unos tentempiés para el abuelo y para sí mismo. Una bolsa de patatas fritas, un par de chocolatinas y dos zumos de fruta.

Cuál no sería su sorpresa cuando vio que Raj sumaba los precios de todas esas cosas en la caja registradora.

—Una libra con setenta y cinco peniques.

Con un suspiro de resignación, Jack hurgó en el bolsillo de los pantalones y dejó unas monedas sobre el mostrador.

—Aquí tienes, Raj.

—Tus padres han pasado por aquí hace unas horas. Me han preguntado si os había visto. Parecían muy preocupados.

—Oh, no. —Entre unas cosas y otras el chico no se había detenido a pensar en sus padres, y de pronto se sintió fatal—. Será mejor que llame a casa enseguida. Raj, ¿puedo usar tu teléfono?

—¡Por supuesto! —contestó el quiosquero, dejando el teléfono sobre el mostrador—. Por ser tú, no te cobraré la llamada.

—Gracias —contestó el chico.

—Pero no tardes, por favor. A ser posible, no más de cuatro o cinco segundos.

—Lo intentaré. —Jack miró a su abuelo, que mordisqueaba una chocolatina tan ricamente y farfullaba entre bocados.

—Hoy te has lucido con las raciones, *char wallah* —decía.

—Es una pena que se me hayan acabado las galletas —dijo el quiosquero—. Anoche la tía Dhriti entró a escondidas en la tienda y se zampó cuatro cajas enteras. ¡Ni el envoltorio dejó!

—¿Mamá? ¡Soy yo! —exclamó Jack.

—¿Dónde demonios estás? —preguntó su madre—. Tu padre y yo llevamos horas buscándote.

—Te lo puedo explicar. Verás... —Pero antes de que pudiera hacerlo, su madre lo interrumpió.

—Tu profesora, la señorita Verídica, ha llamado a casa para contarnos lo que ha pasado en el Museo de Guerra. ¿Cómo has podido cargarte un Spitfire?

—Eso no fue culpa mía. Si el guardia de seguridad no hubiera pesado tanto...

Pero su madre no estaba de humor para explicaciones.

—¡No me vengas con paparruchas! La profesora ha dicho que tu abuelo ha aparecido en el mu-

seo. ¡En el museo, nada menos! ¡Y que la policía lo ha detenido! ¡Y para postres, cuando tu padre y yo hemos llegado a la sede de Scotland Yard, nos han dicho que os habíais escapado los dos!

—Escaparse, lo que se dice escaparse, no. En realidad, nos hemos ido tranquilamente.

—¡NO ME REPLIQUES! ¿DÓNDE ESTÁS AHORA?

Raj interrumpió la conversación.

—¿Te importaría pedirle a tu madre que llame ella, si eres tan amable? ¡Ya ha pasado un minuto y treinta y ocho segundos, y esta llamada me va a salir por un ojo de la cara!

—Mamá, Raj pregunta si puedes llamar tú.

—¡Ah, conque estás en la tienda de Raj! ¡NO TE MUEVAS DE AHÍ! ¡AHORA MISMO VAMOS PARA ALLÁ!

Dicho lo cual, colgó el teléfono.

¡CLIC!

Al alzar la mirada, Jack se dio cuenta de que Raj se había pasado el rato contando los segundos en su reloj de muñeca.

—Un minuto con cuarenta y seis segundos —refunfuñó, y chasqueó la lengua.

—Mi madre dice que ahora mismo vienen a recogernos.

—¡Estupendo! —exclamó el quiosquero—. Mientras esperáis, quizá os interese echar un vistazo a mi nueva colección de tarjetas navideñas...

—No, gracias, Raj... Estamos a mediados de enero.

—Esta de aquí es perfecta para felicitar las fiestas —dijo el hombre mientras enseñaba a Jack una tarjeta completamente blanca.

El chico miró la tarjeta, y luego a Raj. Por unos instantes, se preguntó si el quiosquero no habría perdido la chaveta.

—Pero si está en blanco...

—No, no, no, te equivocas, joven Pandero. En realidad es un primer plano de un paisaje nevado. Nada más adecuado para la Navidad. Diez tarjetas por tan solo una libra. Pero hoy tengo una oferta especial...

—No me digas... —murmuró el chico.

—¡Si te llevas mil tarjetas, te las dejo a precio de ganga!

—No, gracias, Raj —repuso Jack educadamente.

Pero el quiosquero adoraba regatear.

—¿Dos mil?

Justo entonces, se oyó una sirena de la policía.

«El enemigo» estrechaba el cerco.

29

Una silueta misteriosa

Al principio las sirenas sonaban como si estuvieran lejos, pero se acercaban a toda velocidad. A juzgar por el ruido que hacían, parecía que toda una flota de coches patrulla se dirigiese al quiosco de Raj. Jack lanzó una mirada acusadora al quiosquero.

—¡Yo no los he llamado! Te lo prometo —se defendió Raj.

—¡Habrá sido mi madre! —dijo el chico. No había tiempo que perder. Cogió al abuelo del brazo y tiró de él hacia la puerta—. Señor, tenemos que largarnos de aquí. ¡AHORA MISMO!

Sin embargo, en cuanto salieron a la calle, comprendieron que era demasiado tarde. Estaban rodeados.

Con un chirrido de frenos, cerca de una docena de coches patrulla acorralaron a Jack y al abuelo en un semicírculo. Los faros los cegaban y el ruido era ensordecedor.

—¡Manos arriba! —ordenó uno de los policías.

Abuelo y nieto obedecieron.

—A mí me espera un campo de prisioneros. Con la suerte que tengo, seguro que me mandan al castillo de Colditz. ¡Cuídese, viejo amigo! ¡Nos vemos en Inglaterra! —susurró el abuelo al oído de Jack.

Raj los siguió hasta la calle. Había atado su pañuelo a una piruleta y lo agitaba como si fuera una bandera blanca.

—¡Por favor, no disparen! Acabo de cambiar el escaparate.

Los padres de Jack debían de ir en uno de los coches patrulla, porque en ese instante rompieron el cordón policial.

Ambos corrieron hacia su hijo y lo abrazaron.

—¡Estábamos muy preocupados por ti! —exclamó el señor Bandera.

—Lo siento —dijo Jack—. No era mi intención preocuparos.

—¡Pues disimulas muy bien! —replicó su madre, aunque nada más ver al chico se le pasó el enfado.

—¿Qué harán con el abuelo? —preguntó Jack—. No pueden enviarlo a la cárcel.

—No —replicó su madre—. Nadie quiere que eso ocurra. Ni siquiera la policía. El abuelo tiene mucha suerte. He llamado al párroco y no sé cómo, pero se las ha arreglado para conseguirle una plaza en esa residencia de ancianos de la que nos habló, **Torres Tenebrosas.**

Como si hubiese estado esperando ese momento, una silueta misteriosa se apeó de un coche patrulla. Tenía el resplandor de los faros a su espalda, por lo que en un primer momento Jack la vio a contraluz. Era la silueta de una mujer rolliza, con lo que parecía un gorrito de enfermera en la cabeza y una capa echada sobre los hombros.

—¿Quién es usted? —preguntó el chico.

La silueta avanzó con parsimonia en su dirección. Los tacones de sus botas resonaban en el suelo mojado y frío. Cuando por fin alcanzó a Jack, su rostro se contrajo en una mueca espantosa que pretendía ser una sonrisa. Tenía dos ojillos crueles y la nariz respingona, como si la estuviera aplastando contra el cristal de una ventana.

—¡Tú debes de ser el pequeño Jack! —exclamó. Hablaba en un tono dicharachero, pero Jack intuía que detrás de sus palabras se ocultaba algo siniestro—. Me ha llamado el reverendo Porcino, un encanto de hombre. El párroco y yo somos muy amigos. Los dos nos desvivimos por ayudar a los ancianos de este pueblo.

—He dicho que quién es usted —repitió el chico.

—Soy la señorita Gorrina, directora de Torres Tenebrosas. He venido a llevarme a tu abuelo —dijo la mujer, toda dulzura.

SEGUNDA PARTE

CUESTIÓN DE VIDA O MUERTE

30

Torres Tenebrosas

Esa noche, el abuelo ingresó en Torres Tenebrosas. Esa fue la condición que impuso la policía para retirar todas las acusaciones que pesaban sobre él.

Como era de esperar, Jack no pegó ojo en toda la noche. Solo podía pensar en el abuelo. Al día siguiente, nada más salir de clase, se fue a Torres Tenebrosas montado en su triciclo. Pedaleaba con todas sus fuerzas para ir al encuentro del abuelo, pero también para evitar que sus compañeros de clase lo vieran montado en semejante cacharro. Jack estaba ahorrando para comprarse una bicicleta molona que parecía una motocicleta, pero de momento solo había logrado reunir suficiente dinero para uno de los pedales.

Torres Tenebrosas quedaba un poco lejos del centro del pueblo, allí donde terminaban las casas adosadas y empezaba el descampado. El viejo edificio se erguía en la cima de una colina. Rodeado por un muro alto y una imponente verja metálica, parecía más una cárcel que una residencia de ancianos. Disneylandia no era, desde luego.

Jack avanzó a trancas y barrancas por la pista de tierra montado en su triciclo. Se detuvo ante la verja, de grueso hierro y rematada con afiladas puntas de lanza, en la que destacaban dos intrincadas letras metálicas, las iniciales de Torres Tenebrosas. En el muro había un letrero en el que se podía leer:

Torres Tenebrosas
Nos encargamos de vuestros
mayores (problemas)

La residencia llevaba poco tiempo en funcionamiento. La que había hasta entonces, conocida como La Casa Soleada, había quedado reducida a escombros tras el inexplicable accidente de una excavadora descontrolada. En realidad, Torres Tenebrosas ocupaba las instalaciones de lo que había sido un manicomio muchos años atrás, en la época victoriana. Era un edificio alto, con paredes de ladrillo en las que había pequeños ventanucos con barrotes. Lo llamaban «hogar» de ancianos, pero era un lugar tan

inhóspito y siniestro que de hogareño no tenía nada. El caserón estaba formado por cuatro plantas y un campanario que sobresalía por encima del tejado.

Otras dos torres de construcción reciente se alzaban a ambos lados del edificio principal. En lo alto de ambas había enormes reflectores, controlados por enfermeras corpulentas. Estaba por ver si todas aquellas medidas de seguridad servían para que nadie entrara... o saliera.

Jack tuvo la ocurrencia de tocar la verja para comprobar si estaba cerrada con llave.

Un calambrazo eléctrico lo sacudió de la cabeza a los pies.

—¡Aaay!

Fue como si lo pusieran boca abajo, lo volvieran del revés y le hicieran girar como una peonza, todo al mismo tiempo. En cuanto pudo, apartó las manos de la verja y respiró hondo. El dolor había sido tan intenso que tenía ganas de vomitar.

—¿QUIÉN ANDA AHÍ? —preguntó alguien a través de un megáfono. Parpadeando para contener las lágrimas, el chico miró hacia arriba y vio a una enfermera en una de las torres de observación.

—Jack.

—¿JACK QUÉ MÁS?

A través del megáfono la voz de la enfermera sonaba mecánica, como la de un robot.

—Jack Bandera. He venido a visitar a mi abuelo.

—Solo se admiten visitas los domingos. Tendrás que volver entonces.

—Pero he venido pedaleando hasta aquí...

Jack no podía creer que no le dejaran entrar. Solo quería ver a su abuelo un momento.

—Para visitar Torres Tenebrosas fuera del horario de visitas hay que tener un permiso especial de la directora.

—¡Lo tengo! —mintió el chico—. Anoche vi a la señorita Gorrina y me dijo que viniera esta tarde.

—PASA Y PRESÉNTATE EN RECEPCIÓN. ¡BZZZ!

CLINC.

La verja se abrió automáticamente y Jack entró pedaleando despacio.

Resultaba difícil circular por el sendero de grava, sobre todo montado en un triciclo.

Finalmente, Jack llegó a la inmensa puerta de madera. Cuando fue a llamar al timbre, se dio cuenta de que le temblaban las manos.

CLIC CLAC CLIC CLIC CLAC.

Debía de haber por lo menos diez cerraduras distintas.

CLAC CLIC CLIC CLAC CLAC.

Un buen rato después, una enfermera grandullona abrió la puerta. Tenía las piernas gruesas y peludas, un diente de oro y una calavera tatuada en el brazo. A pesar de su aspecto llevaba una placa en el pecho en la que se podía leer «Enfermera Margarita».

—¿QUÉ PASA? —preguntó la mujer con un

vozarrón grave. No podía haber nadie en el mundo entero a quien sentara peor el nombre «Margarita».

—¡Ah, hola! —saludó Jack educadamente—. Me pregunto si podría usted ayudarme.

—¿QUÉ QUIERES? —preguntó la enfermera Margarita con cara de pocos amigos.

—He venido a visitar a mi abuelo, Arthur Bandera. Llegó anoche.

—¡HOY NO SE ADMITEN VISITAS!

—Lo sé, lo sé, pero anoche conocí a la encantadora señorita Gorrina, y me preguntaba si podría hablar un momentito con ella...

—¡ESPERA AQUÍ! —ordenó la enfermera, y le cerró la pesada puerta de roble en las narices—. ¡DIRECTORA! —la oyó gritar.

Jack hubo de esperar tanto tiempo que casi perdió la esperanza de que la puerta volviera a abrirse. Al final, oyó el resonar de unos pasos pesados en el pasillo y la puerta se abrió de sopetón para revelar una **ESCENA ATERRADORA**.

31

Las enfermeras más feas del mundo

En el umbral apareció la directora de Torres Tenebrosas, una mujer bajita que llevaba un gorro blanco y estaba flanqueada por dos enfermeras increíblemente robustas. A su lado, la directora parecía una enana. Una de las enfermeras tenía un ojo morado y llevaba las palabras «AMOR» Y «**ODIO**» tatuadas en los nudillos de las manos. La otra lucía una telaraña tatuada en el cuello y lo que parecía una barba de tres días en el mentón. Ambas miraron al chico con el ceño fruncido. Eran las enfermeras más feas del mundo. Jack leyó las placas de sus nombres: «Enfermera Rosa» y «Enfermera Hortensia».

La señorita Gorrina giraba entre los dedos lo que a primera vista parecía un bastón. Lo sujetó con una mano y empezó a darse palmaditas en la otra. El resultado era vagamente amenazador. En uno de sus extremos, el bastón tenía dos pequeños dientes metálicos, y en el otro un botón. ¿Qué sería aquel extraño artilugio?

—Bueno, bueno, bueno... volvemos a encontrarnos. Buenas tardes, joven Jack —saludó la señorita Gorrina con su tono alambicado.

—Buenas tardes, directora. Es un placer volver a verla —mintió el chico—. Encantado de conocerlas, señoritas —volvió a mentir, dirigiéndose a las enfermeras.

—Verás, andamos muy ocupadas cuidando de todos los ancianos de Torres Tenebrosas. ¿Qué querías?

—Ver a mi abuelo —contestó el chico.

Las dos enfermeras rieron con disimulo.

Jack no le veía la gracia.

—No sabes cuánto lo siento, pero ahora mismo no es posible —dijo la señorita Gorrina.

—¿Por-por-por qué? —preguntó el chico, nervioso.

—Tu abuelo está durmiendo la siesta. A las personas mayores les encanta echar una cabezadita. No querrás que lo despertemos, ¿verdad? Eso sería un poco egoísta por tu parte, ¿no crees?

—Bueno, estoy seguro de que el abuelo querría verme si supiera que he venido. Soy su único nieto.

—Qué raro. No te ha mencionado ni una sola vez desde que ha llegado. Puede que se haya olvidado de ti.

Si la señorita Gorrina dijo aquello con el fin de herir al chico, lo consiguió.

—¡Se lo ruego! —suplicó Jack—. Solo quiero ver a mi abuelo. Necesito saber que está bien.

—Por última vez, ¡tu abuelo está durmiendo la siesta! —La directora empezaba a perder la paciencia—. Acaba de tomarse sus pastillas.

—¿Sus pastillas? ¿Qué pastillas?

Que Jack supiera, su abuelo no necesitaba pastillas. De hecho, el anciano siempre se había negado a tomar medicamentos de ningún tipo y presumía de estar «hecho un toro».

—Le damos unas pastillas para ayudarlo a conciliar el sueño.

—Pero no tiene por qué estar durmiendo. Aún no es hora de irse a la cama. ¡Déjeme verlo! —Se abalanzó hacia delante e intentó colarse en la residencia, pero fue rechazado al instante por la enfermera Rosa, que le plantó una gran mano peluda en la cara y lo empujó hacia atrás como si fuera una pelota. El chico se tambaleó y acabó cayendo de culo en el sendero de grava. Las enfermeras se echaron unas buenas risas a su costa.

—¡JA, JA, JA, JA, JA, JA, JA, JA, JA, JA, JA, JA, JA, JA, JA, JA, JA, JA, JA, JA, JA, JA, JA, JA, JA, JA, JA, JA, JA, JA, JA, JA, JA, JA, JA, JA!

Jack se levantó a toda prisa.

—No se saldrá con la suya. ¡Exijo ver a mi abuelo ahora mismo!

—El bienestar de nuestros residentes es lo primero para quienes trabajamos en Torres Tenebrosas —afirmó la señorita Gorrina. Sus ojillos brillaban a la luz del atardecer invernal—, y por eso tenemos unos horarios estrictos. Como puedes ver, las horas de visita están anunciadas con toda claridad... —añadió, señalando con el bastón un letrero que ponía:

Torres Tenebrosas

**HORARIO DE VISITAS:
DOMINGOS POR LA TARDE, DE 15.00 A 15.15 HORAS
SE EXIGE MÁXIMA PUNTUALIDAD.
FUERA DEL HORARIO SEÑALADO,
NO SE ADMITEN VISITAS BAJO NINGÚN CONCEPTO.**

—¡Pero si eso no es ni una hora! —protestó el chico.

—¿No me digas...? —replicó la señorita Gorrina, sonriendo de un modo siniestro—. Bueno, si no te importa, tengo que atender a mis residentes. No puedo dejar que un mocoso egoísta e impertinente les amargue sus últimos días de vida, ¿a que no? Enfermeras...

—¿Sí, señora? —contestaron las mujeronas al unísono.

—Por favor, acompañad a este joven a la salida.

—Sí, señora.

Sin pensárselo dos veces, las robustas enfermeras dieron un paso al frente. La enfermera Rosa y la enfermera Hortensia cogieron a Jack de los brazos y, sin el menor esfuerzo, lo llevaron en volandas por el sendero de grava hasta la verja de hierro. Él intentó zafarse sacudiendo las piernas, pero las mujeres eran tan grandes y fuertes que de nada le sirvió.

La directora se quedó mirando cómo se lo llevaban. Sonrió para sus adentros y se despidió con la
mano mientras decía a gritos:

—¡Ha sido

un placer verte!

¡Vuelve pronto!

32

El sauce llorón

Las enfermeras Rosa y Hortensia arrojaron al chico al otro lado de la verja como si fuera una bolsa de basura. El triciclo de Jack salió volando poco después y aterrizó en el suelo con estrépito.

¡CLANC!

Luego las grandes
puertas metálicas
se cerraron con un chirrido.

¡CLONC!

Desde dentro, las dos enfermeras vieron cómo el chico se levantaba, se subía al triciclo y se marchaba calle abajo.

Para entonces el sol había empezado a ponerse y el cielo se había teñido de rojo. Estaba a punto de anochecer. Torres Tenebrosas quedaba al borde de un descampado, por lo que las farolas eran escasas y estaban muy separadas entre sí. Pronto se hizo oscuro. Pero oscuro de verdad, como solo pasa en el campo.

Tras pedalear durante un buen rato, Jack miró hacia atrás. Torres Tenebrosas quedaba ahora bastante lejos, y de la misma manera que él no podía ver a las enfermeras, ellas tampoco podían verlo a él.

Jack no estaba dispuesto a darse por vencido cuando se trataba de ver a su abuelo. Es más, tenía bastante claro que la señorita Gorrina y sus secuaces ocultaban algo. Se acercó a una zona boscosa, se apeó del triciclo y lo escondió entre los arbustos tapándolo con ramas de árbol, tal como el abuelo le había contado que los pilotos de la RAF ocultaban los Spitfire para que el enemigo no los viera desde el aire.

El chico volvió caminando a la siniestra residencia de ancianos. Para evitar la carretera, cruzó el descampado que lindaba con Torres Tenebrosas. Sin más luz que el resplandor de la luna para guiar sus pasos, se las arregló para alcanzar el muro que rodeaba la residencia, bastante más alto que él y coronado de alambre de espino en todo su perímetro. No podría saltar al otro lado, así que tenía que pensar en algo. Y deprisa.

Pegado al muro había un sauce llorón, y dos de sus

ramas caían dentro de Torres Tenebrosas. Pero había un problema: el árbol se veía perfectamente desde las torres de observación, en lo alto de las cuales dos inmensos reflectores barrían el patio, alumbrándolo todo a su paso. Aquello podía ser peligroso. Jack tenía miedo. Nunca se había atrevido a hacer nada parecido.

Despacio, empezó a trepar por el tronco del sauce llorón. El hecho de que estuvieran en invierno y las ramas hubiesen perdido las hojas le facilitaba la escalada. Después de encaramarse a la parte alta del tronco, empezó a desplazarse despacio a lo largo de una rama, con tan mala suerte que esta se combó bajo su peso, asustando a una bandada de cuervos que se había posado allí.

Los cuervos empezaron a graznar y armaron un jaleo tremendo mientras echaban a volar asustados.

El haz de luz de uno de los reflectores dibujó círculos en la oscuridad y se detuvo en el árbol.

Tan deprisa como pudo, Jack rodeó el tronco y se situó en la parte que daba al descampado para evitar que lo vieran. Se pegó al árbol y se quedó inmóvil como una estatua.

El reflector pasó un buen rato fijo sobre el sauce llorón, hasta que finalmente siguió su camino. Pero ahora las enfermeras que hacían guardia desde lo alto de las torres estarían alerta. Si Jack daba un solo paso en falso, lo descubrirían. No quería ni pensar en lo que le haría la señorita Gorrina si eso llegaba a ocurrir...

Tras contar hasta diez para sus adentros, volvió a rodear el tronco hasta el otro lado y avanzó a gatas por la rama que daba al inmenso patio de la residencia de ancianos. Sin embargo, como no estaba acostumbrado a trepar a los árboles, cometió un error de cálculo. Había dedicado mucho más tiempo a pintar maquetas de aviones en su habitación que a jugar al aire libre, así que siguió avanzando hasta el borde mismo de la rama, creyendo que el peso de su cuerpo funcionaría como palanca.

ÑEEEC...

Pero la rama no era lo bastante gruesa para sostenerlo. ÑEEEEEEEC

Y se rompió.

¡CRAC!

33

Como una serpiente

El chico cayó sobre la alta hierba. Los reflectores de las torres de observación seguían barriendo el patio de Torres Tenebrosas. Se quedó un buen rato allí tumbado, sin moverse y sin hacer ruido, aunque le dolía todo el cuerpo a causa de la caída. Por el rabillo del ojo, veía los círculos de luz acercándose cada vez más. Una parte de sí mismo se moría de miedo y quería salir de allí cuanto antes, pero entonces recordó lo que su abuelo le había enseñado a hacer en esas situaciones: no mover un solo músculo. Cuando por fin los reflectores se alejaron, alzó los ojos despacio. Tendría que cruzar un buen trecho de patio para alcanzar el edificio. ¿Cómo iba a llegar hasta allí sin que lo vieran?

El abuelo también había enseñado que, para avanzar en campo abierto, debía deslizarse como una serpiente. Ni en sueños habría imaginado el chico que algún día aplicaría aquellos consejos en una aventura real como la vida misma. Pero eso fue exactamente lo que hizo para avanzar sobre la fría hierba mojada.

No fue fácil, pero finalmente llegó al edificio principal.

El problema era que no tenía ni la más remota idea de dónde podía estar su abuelo. Rodeó el caserón pegado a la pared, agachándose cada vez que pasaba por delante de una ventana. Solo había una forma de entrar o salir de Torres Tenebrosas: por la puerta principal, que estaba cerrada bajo siete llaves. Jack distinguió una antigua entrada en la parte trasera del edificio, pero la habían tapiado.

Procurando no ser visto, se asomó a una de las ventanas. Vio un dormitorio colectivo en el que debía de haber unas veinte camas, dispuestas en dos largas hileras. Aunque solo eran las seis de la tarde, todas las an-

cianas se habían acostado ya. Al observarlas con más detenimiento, comprendió que estaban todas profundamente dormidas. No había ningún hombre entre ellas, por lo que el chico siguió adelante.

Un par de ventanas más allá, descubrió una habitación que parecía la rebotica de una farmacia. Las paredes estaban cubiertas de arriba abajo con frascos de pastillas, medicamentos y jeringas. Una enfermera fortachona vestida con bata blanca trajinaba de aquí para allá. Debía de haber miles y miles de pastillas allí dentro, suficientes para dormir a toda una manada de elefantes, no digamos ya a un centenar de ancianitos.

Tras espiar otro par de ventanas de la planta baja sin encontrar más que una cocina mugrienta y un salón desierto, el chico decidió continuar la búsqueda en la segunda planta. Hizo acopio de valor y trepó por el bajante del edificio.

Desplazándose lateralmente por la estrecha cornisa de la segunda planta, llegó a una ventana. Al otro lado, había un magnífico despacho con paredes reves-

tidas de listones de madera. Allí encontró a la directora, sentada frente al escritorio en un lujoso sillón de cuero, fumando un enorme puro con parsimonia. Tenía los piececillos apoyados sobre el escritorio y exhalaba gruesas volutas de humo gris que quedaban flotando en el aire. La versión privada de la señorita Gorrina no tenía nada que ver con la que exhibía de puertas afuera.

Encima de la chimenea había un gran retrato de la directora en un grueso marco dorado. Sin apartarse de la pared más de lo imprescindible, Jack se asomó para poder ver mejor. Sobre el ancho escritorio con cubierta de piel descansaba una gran pila de documentos que la mujer estaba revisando. Tras dejar el puro en un cenicero de cristal transparente, la señorita Gorrina se puso manos a la obra.

 En primer lugar, cogió una hoja de la pila y la cubrió con una hoja de papel de calcar.

 En segundo lugar, fue calcando despacio con un lápiz las palabras manuscritas de la hoja de abajo.

En tercer lugar, dio la vuelta al papel de calcar y lo rayó de arriba abajo con el lápiz.

En cuarto lugar, sacó una hoja en blanco del cajón y puso encima el papel de calcar con la cara rayada hacia abajo.

En quinto lugar, repasó el texto calcado, apretando mucho con la punta del lápiz, y las letras fueron apareciendo como por arte de magia en la hoja en blanco.

Por último, la señorita Gorrina colocó una hoja en la máquina de escribir y empezó a teclear.

Tras pasar un buen rato martilleando las teclas, contempló su trabajo con aire satisfecho. Luego arrugó el documento original con los dedos y lo arrojó al fuego. Al ver cómo ardía, rio para sus adentros y le dio otra calada a su largo y grueso puro.

¿Qué demonios andaría tramando?

Jack la observaba desde la estrecha cornisa, tan intrigado que resbaló y a punto estuvo de perder el equilibrio.

De pronto, la directora levantó los ojos, como si hubiese oído algo. Jack se apartó de su campo de visión y se pegó a la pared. La mujer se levantó del sillón de cuero y fue hasta la ventana. Aplastó la nariz contra el cristal, lo que le daba un aspecto aún más respingón, y escudriñó la oscuridad...

34

Un escondrijo perfecto

Jack se quedó quieto como una estatua, sin atreverse a respirar siquiera. Cuando la directora se asomó a la ventana de su despacho de Torres Tenebrosas, la tenía tan cerca que alcanzaba a oler el humo de su puro. Siempre había detestado ese olor, y enseguida empezó a notar un escozor en la garganta. «¡No tosas», se dijo a sí mismo. «¡Por favor, por favor, no tosas!»

Tras pasar un rato a la escucha, la directora negó con la cabeza, como si descartara alguna idea absurda, y finalmente corrió las pesadas cortinas de terciopelo negro para que nadie pudiera ver lo que hacía.

El primer impulso de Jack fue volver corriendo a casa y contarles a sus padres que tenía motivos para sospechar que la directora no era trigo limpio. Pero dudó, pues les había mentido diciendo que iría al club de ajedrez al salir de clase. Es más, las posibilidades de que sus padres lo creyeran eran escasas. Se las habían arreglado para convencerse a sí mismos de que Torres Tenebrosas era el mejor lugar para el abuelo.

Jack avanzó con cuidado por la estrecha cornisa hasta la siguiente ventana. La habitación estaba a oscuras, pero en la penumbra distinguió una escena escalofriante. ¡Hileras y más hileras de ataúdes!

El chico siguió desplazándose por la cornisa y se asomó a la siguiente ventana. La luz estaba encendida, y a primera vista aquello parecía una tienda de antigüedades. La habitación estaba abarrotada de viejos cuadros, jarrones y relojes de pared. Todos aquellos objetos parecían valiosos. Vio a dos enfermeras arrastrando un magnífico espejo antiguo con marco dorado y apoyándolo contra la pared. ¿De dónde habrían salido todas aquellas cosas?

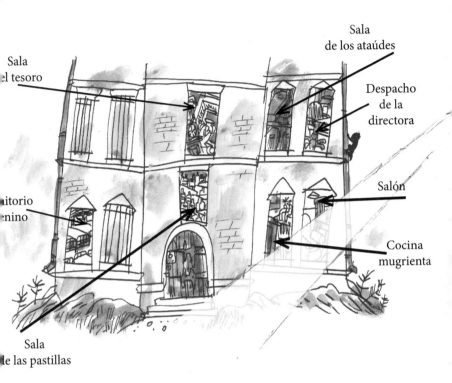

Sala
de los ataúdes

Sala
el tesoro

Despacho
de la
directora

Salón

itorio
nino

Cocina
mugrienta

Sala
le las pastillas

La potente luz de un reflector empezó a deslizarse por el edificio, acercándose peligrosamente a Jack.
Tan deprisa como pudo, el chico dobló la esquina de
la residencia para ponerse a salvo.

Jack se propuso subir a la siguiente planta trepando por el bajante, pese a que el tubo estaba helado y
los dedos se le empezaban a agarrotar por culpa del
frío. Pero el chico sacó fuerzas de flaqueza y continuó
adelante. La siguiente habitación a la que se asomó era
otro dormitorio colectivo, mayor aún que el primero.

Allí, apiñados en hileras y más hileras de camas que les venían pequeñas, había un gran número de ancianos. Igual que en el dormitorio de señoras, los hombres estaban sumidos en un sueño muy pero que muy profundo y no movían un solo músculo. El chico escudriñó todos los rostros en busca de su abuelo. Necesitaba saber que el anciano, al que quería más que a nadie en el mundo, estaba sano y salvo.

Sus ojos recorrieron las hileras de camas arriba y abajo, hasta que al final reconoció el inconfundible bigote de la RAF. ¡Abuelo! El anciano tenía los ojos cerrados y, al igual que todos los demás, parecía dormir a pierna suelta.

Para no perder el equilibrio, Jack se agarró con una mano a los barrotes de la ventana y, alargando la otra, deslizó las yemas de los dedos por el marco de la ventana para intentar abrirla desde fuera.

No le sorprendió comprobar que, como cualquier otra ventana o puerta de aquella fortaleza, estaba cerrada a cal y canto.

Después de haber llegado tan lejos, Jack no podía marcharse sin por lo menos intentar hablar con el abuelo. No sabía qué otra cosa hacer, así que empezó a dar golpecitos en la ventana.

TIC TIC TIC.

Primero muy suaves, y luego cada vez más fuertes.

TIC TIC TIC.

De repente, uno de los ojos del abuelo se abrió como por arte de magia. Y luego el otro. Jack golpeó la ventana con más fuerza todavía, y el anciano se incorporó en la cama, más tieso que un palo. Llevaba puesto un raído pijama que parecía de segunda, tercera o incluso cuarta mano. Al ver a su nieto al otro lado de la ventana, el hombre no pudo evitar sonreír. Tras mirar rápidamente a izquierda y derecha para asegurarse de que no había peligro, se levantó de la cama y se acercó a la ventana de puntillas.

Desde dentro, el anciano se las arregló para abrirla un poquitín, lo suficiente para que pudieran oírse.

—¡Comandante! —exclamó el abuelo, saludando a su nieto como de costumbre.

—¡Teniente coronel! —contestó el chico, sujetándose a los barrotes de la ventana con una mano y haciendo el saludo militar con la otra.

—Como ve, el enemigo me ha encerrado aquí, en el castillo de Colditz, ¡el campo de prisioneros de guerra más inexpugnable que existe!

Jack le siguió la corriente. Sacarlo de su error solo hubiese servido para confundirlo. Aunque, a decir verdad, Torres Tenebrosas se parecía bastante más a un campo de prisioneros de guerra que a una residencia de ancianos.

—Lo siento muchísimo, señor.

—No es culpa suya, Bandera. Estas cosas pasan en tiempos de guerra. Tiene que haber algún modo de escapar, pero no se me ocurre ninguno, y que me aspen si no lo he intentado.

Jack vio que, a espaldas del abuelo, todos los demás ancianos seguían profundamente dormidos.

—¿Cómo es que está usted despierto y los demás siguen durmiendo como troncos? —preguntó.

—¡Ja, ja! —El abuelo reía con malicia—. Los guardias reparten unas pastillas como si fueran caramelos. Con una basta para dejar a un hombre fuera de combate.

—¿Y cómo se las arregla usted para no tomarlas, señor?

—Los guardias esperan plantados delante de ti hasta asegurarse de que te has tomado la pastilla. Yo me la meto en la boca y hago como si tragara. Luego, cuando se

van hacia el siguiente prisionero, la escupo y la escondo entre los pelos del bigote. Es un escondrijo perfecto.

El abuelo sacó entonces dos pequeñas pastillas de colores de entre los gruesos pelos rizados de su mostacho.

¡Se las sabía todas!

«Genio y figura hasta la sepultura», pensó Jack.

—Es usted más listo que el hambre, señor —dijo.

—Gracias, comandante. Cuánto me alegro de verlo. Ahora podemos poner en marcha mi plan. ¡No hay tiempo que perder!

—¿Qué plan, teniente coronel?

El abuelo lo miró con una sonrisa de oreja a oreja.

—¡El plan de fuga, claro está!

35

Más calcetines todavía

Como parte de su plan, el anciano le pasó a Jack una lista de cosas que debía suministrarle a escondidas. Esa noche, mientras la leía en la cama, el chico no alcanzaba a imaginar cómo pensaba usar el abuelo todo aquello para escapar de Torres Tenebrosas.

He aquí la lista:

- Smarties
- Cordel
- Calcetines
- Gomas elásticas
- Latas vacías
- Mapa
- Más calcetines
- Cerillas
- Cuchara
- Bandeja de servir el té
- Velas
- Patines
- Más calcetines todavía

Lo de los Smarties tenía fácil arreglo. Al día siguiente, de camino a la escuela, Jack hizo una visita a

Raj y comprobó que los tenía en abundancia. Es más, el chico estaba de suerte, pues ese día el quiosquero lanzaba una oferta especial de las famosas bolitas de chocolate recubierto: treinta y ocho tubitos de Smarties al precio de treinta y siete.

Las latas vacías las rescató del cubo de basura de su casa y luego las lavó bajo el grifo.

En una tienda de objetos de segunda mano, encontró unos viejos patines a precio de ganga.

Las gomas elásticas, el cordel, la cuchara, las velas y las cerillas fueron saliendo de varios cajones y armarios de su casa.

Y lo mismo pasó con los calcetines. El padre de Jack tenía bastantes desparejados que iba dejando aquí y allá, y el chico estaba seguro de que no los echaría de menos.

Nadie sabe dónde van a parar los calcetines desparejados. Es uno de los grandes misterios del universo. O bien son absorbidos por un agujero negro que los transporta más allá del tiempo y el espacio, o bien se quedan atrapados detrás de la lavadora. Sea como fuere, el padre de Jack tenía calcetines de sobra.

La bandeja de servir el té fue el objeto que más le costó sacar a escondidas de la cocina debido a su tamaño. Jack tuvo que metérsela por dentro de los pantalones y luego taparla con el jersey. Si se estaba quieto, no pasaba nada, pero cuando intentaba caminar, parecía un robot.

Ese día, después de aprovechar cada segundo que podía para reunir los objetos que el abuelo le había pedido, Jack se sentó en la cama de arriba a esperar que se hiciera de noche. Mientras sus padres lo creían profundamente dormido, siguió los pasos de su abuelo y se escabulló por la ventana. Esa noche la luna estaba baja y los árboles proyectaban su alargada sombra sobre el patio de Torres Tenebrosas. Jack procuró no ser visto mientras trepaba por el sauce llorón y saltaba al otro lado del muro desde una de sus ramas. Una vez dentro, se arrastró por la hierba y trepó por el bajante hasta el dormitorio masculino. En cuanto lo vio al otro lado de la ventana, el abuelo anunció en tono triunfal:

—¡Voy a excavar un túnel para huir!

Igual que la noche anterior, Jack se apoyaba en precario equilibrio sobre la estrecha cornisa que bordeaba la segunda planta del edificio. A causa de los barrotes, la ventana solo se abría un par de dedos. Mientras hablaban, Jack pasó todos los objetos de la lista a su abuelo a través del estrecho hueco.

—¿Excavar? —El chico no las tenía todas consigo—. ¿Con qué?

—¡Con la cuchara, por supuesto!

36

¡¿Con una cuchara?!

—¿Su plan es excavar un túnel con una cuchara? —preguntó Jack. El chico no daba crédito a sus oídos—. ¿¿De verdad pretende abrirse paso a través de estos muros con una cuchara??

—¡Sí, Bandera! —contestó el abuelo al otro lado de los barrotes—. Empezaré esta noche. ¡Mi Spitfire me espera impaciente para llevarme ¡Hasta el cielo y más allá! En cuanto se marche usted, bajaré a hurtadillas hasta el sótano y empezaré a excavar el suelo de piedra.

Jack no quería aguarle la fiesta, pero era evidente que el plan del abuelo estaba condenado al fracaso. Solo abrir un agujero en el suelo del sótano le llevaría años. Sobre todo con una cuchara. Que ni siquiera era especialmente grande.

—¿Se ha acordado de las latas? —prosiguió el anciano.

Jack hurgó en los bolsillos del abrigo y le pasó dos viejas latas de judías estofadas por el hueco entre los barrotes.

—Por supuesto, señor. ¿Para qué las va a usar? —preguntó.

—¡Serán mis cubos, Bandera! ¡Mis cubos! Las llenaré con la tierra que iré extrayendo con la cuchara y luego las sacaré del túnel con un sistema de polea.

—¡Así que para eso quería el cordel!

—Afirmativo, comandante. ¡Procure no despistarse!

—Pero ¿qué va a hacer con la tierra excavada?

—Esa es la parte más ingeniosa de todo el plan, viejo amigo. ¡Ahí es donde entran en juego los calcetines!

—¿Los calcetines? No le sigo, señor —dijo el chico mientras hurgaba en un bolsillo y sacaba un amasijo de calcetines viejos de su padre.

—¡Este tiene un agujero! —protestó el abuelo al examinar uno de los calcetines.

—Lo siento, señor. No sabía para qué los necesitaba.

—Se lo explicaré, comandante. En cuanto salga el sol y me vea obligado a interrumpir mis tareas de excavación nocturna —continuó el abuelo—, llenaré los calcetines con la tierra que haya sacado. Luego los cerraré con las gomas elásticas y me meteré los calcetines llenos de tierra por dentro de los pantalones. Después pediré al Kommandant que me destine a tareas de jardinería.

—¿Al Kommandant? —El chico no entendía nada.

—¡Afirmativo! ¡Lo veo un poco distraído! El Kommandant es el que dirige este campo de prisioneros de guerra.

«¡La directora!», pensó Jack.

—Por supuesto, señor.

—Cuando salga al jardín, me aseguraré de que los guardias no están mirando, tiraré de las gomas que cierran los calcetines y... ¡tachán! ¡La tierra caerá por su propio peso! Luego me pasearé de aquí para allá arrastrando los pies como un pingüino para apisonarla.

Para ilustrar esta parte de su plan de fuga, el abuelo se puso a caminar como un pingüino por el dormitorio.

—Pero sigo sin entender para qué sirven la bandeja del té y los patines, señor —dijo Jack.

—¡Un poco de paciencia, Bandera! Colocaré la bandeja sobre los patines y la usaré para desplazarme dentro del túnel, tumbado boca arriba.

—Vaya, señor, parece que ha pensado usted en todo.

—Hay que darle al magín, Bandera. ¡AL MAGÍN! —proclamó el abuelo, levantando la voz un poco más de la cuenta.

—Tenga usted cuidado o despertará a los demás, señor —susurró el chico, señalando a los ancianos que dormían a espaldas del abuelo.

—Esos de ahí no se despertarían ni con una bomba, viejo amigo. Los somníferos que nos dan los guardias dejarían fuera de combate a un rinoceronte. Los demás prisioneros de guerra pasan menos de una hora despiertos al día. ¡Les hacen tragar a toda prisa un cuenco de sopa aguada y, hala, los mandan de vuelta a la cama!

—¡Así que para eso quería los Smarties! —adivinó el chico.

—¡Afirmativo, comandante! Llegará un momento en que no me cabrán las dichosas pastillas en el bigote. Y el Kommandant anda con la mosca detrás de la oreja.

—¿De veras, señor?

—Sí, no se explica por qué paso mucho más tiempo despierto que todos los demás, así que los guardias me han doblado la dosis y no me quitan los ojos de encima cuando me dan las pastillas. Por eso voy a colarme en la farmacia donde las guardan y voy a cambiar las pastillas por golosinas. ¡Acabaré con el problema de raíz! Ya no pasará nada si me las trago. ¡A nadie le amarga un dulce!

Jack tenía que reconocerlo: el abuelo había ideado un plan tan osado como brillante. Sin embargo, desde la estrecha cornisa en la que se apoyaba, el chico observó el muro que rodeaba Torres Tenebrosas, que quedaba por lo menos a cien metros de distancia. El anciano tardaría toda una vida en excavar un túnel hasta allí, sobre todo si lo hacía sin más herramientas que una cuchara, un puñado de viejos calcetines y una bandeja del té montada sobre un par de patines.

Y al abuelo no le quedaba toda una vida.

Jack tendría que echarle una mano.

Pero no tenía ni idea de cómo hacerlo.

37

Algo siniestro, algo escalofriante

Era domingo, el único día de la semana en que estaba permitido visitar a los residentes de Torres Tenebrosas, aunque fueran visitas muy breves. De quince minutos, para ser exactos, entre las tres de la tarde y las tres y cuarto. Y, tal como había comprobado Jack, si intentabas visitar a un interno en cualquier otro momento, las enfermeras te acompañaban hasta la puerta sin demasiados miramientos.

Nadie abrió la boca durante la mayor parte del trayecto en coche hasta la residencia.

Sentado al volante, el padre de Jack miraba fijamente la carretera sin despegar los labios. Desde el asiento de atrás, el chico vio por el espejo retrovisor que tenía los ojos húmedos.

En el asiento del copiloto, su madre parloteaba sin ton ni son para llenar el silencio. Echaba mano de frases hechas, cosas que la gente dice cuando intenta convencerse a sí misma de algo que sabe que no es verdad. Cosas del tipo «Es por su bien», «Allí estará mucho más cómodo que en casa» o incluso «Con el tiempo, estoy segura de que le acabará gustando».

El chico tuvo que morderse la lengua. Sus padres no tenían ni idea de que ya había hecho dos visitas secretas a Torres Tenebrosas. Pero aunque sabía que no darían crédito a sus sospechas sobre aquel lugar terrible, esperaba que cuando visitaran personalmente Torres Tenebrosas empezaran a ver las cosas desde otra perspectiva.

El coche se detuvo bruscamente ante la verja metálica y el señor Bandera se apeó con la intención de ir a abrirla. Jack, que de pronto recordó el calambrazo que se había llevado al tocar la verja, exclamó justo a tiempo:

—¡Mejor llama al timbre!

Su padre parecía desconcertado, pero hizo lo que el chico le dijo. La verja se abrió despacio, con un chirrido. El hombre volvió a subirse al coche y entraron en la residencia.

Los neumáticos desgastados del coche patinaban en la grava. Mientras avanzaban con dificultad, el edificio de la residencia surgió, imponente, ante sus ojos.

—Bueno, parece muy... ejem... agradable —dijo la madre.

En cuanto el coche se detuvo delante de la puerta principal, el padre de Jack apagó el motor. El chico aguzó el oído. Le pareció oír música procedente del interior del edificio, y no tardó en reconocer la melodía.

¡TA-RA-RI-RA-RI-RA-RA! 🎵

Era «El baile de los pajaritos», una canción tan pegadiza que cuando se te mete en la cabeza no hay manera de sacártela.

¡TA-RA-RI-RA-RI-RA-RA! 🎵

La versión instrumental del tema había llegado recientemente a lo más alto de las listas de éxitos.

¡TA-RA-RI-RA-RI-RA-RA! 🎵

La tocaban hasta la saciedad en todas las bodas, celebraciones y cumpleaños infantiles de norte a sur del país.

¡TA-TA-TA-TA! 🎵

«El baile de los pajaritos» parecía anunciar a bombo y platillo que uno se lo estaba pasando ¡¡EN GRANDE!!

¡TA-RA-RI-RA-RI-RA-RA! 🎵

Pero en realidad no era divertido. Era una tortura.

¡TA-RA-RI-RA-RI-RA-RA, TA-RA-RI-RA-RI-RA-RA! 🎵

Para sorpresa de Jack, la directora salió a recibirlos luciendo un gorrito de papel de esos que la gente se pone en las fiestas.

—¡Bienvenidos, bienvenidos, bienvenidos! —saludó en un tono dicharachero que, viniendo de ella, resultaba tan ridículo como el gorrito que llevaba en la cabeza.

La señorita Gorrina se volvió hacia Jack y, sin que sus padres se dieran cuenta, le lanzó una mirada asesina. El mensaje estaba claro. Como se te ocurra liarla, TE LAS VERÁS CONMIGO.

—¡Adelante, adelante! —repetía la directora, haciéndolos pasar al interior del edificio. Lo primero que vio Jack con su vista de lince fue un letrero medio escondido detrás de las decoraciones y adornos de fiesta. En él podía leerse lo siguiente:

Normas de Torres Tenebrosas
Por orden de la directora, la señorita Gorrina

TODOS LOS EFECTOS PERSONALES de los residentes, tales como joyas, relojes o cualquier otro objeto valioso, deben dejarse en el despacho de la directora en el momento del ingreso.

Las enfermeras del centro son profesionales sumamente competentes a las que hay que OBEDECER en todo momento.

¡SILENCIO! No hablen a no ser que el personal de la residencia se dirija a ustedes.

NO protesten por el té. Sabemos que sabe fatal, como el agua en la que alguien se hubiese bañado y de paso hecho PIPÍ. Será porque lo es.

Las luces se apagan a las cinco EN PUNTO de la tarde. Si alguien sigue despierto después de esa hora, deberá limpiar los lavabos con un cepillo de dientes a modo de castigo.

Los residentes se bañarán el primer lunes de cada mes. Todos los residentes deberán compartir el agua de la bañera.

Los radiadores deberán estar APAGADOS en todo momento. Si tienen frío, recomendamos que se pongan a SALTAR un rato.

Todos los pasteles, galletas, chocolatinas, etcétera, que traigan las visitas deberán entregarse INMEDIATAMENTE a una enfermera.

Solo deberá usarse un trozo de PAPEL HIGIÉNICO en cada visita al lavabo. Esto vale tanto para el pis como para lo otro.

Es OBLIGATORIO tomarse las pastillas. Si alguien no se las toma, sus compañeros de dormitorio serán CASTIGADOS por toda la ETERNIDAD.

Queda absolutamente PROHIBIDO silbar o canturrear.

Solo habrá UN ORINAL por dormitorio. NO pidan más.

Los residentes deberán acabar TODA LA COMIDA que les ponen en el plato, aunque sepa a RAYOS. Si dejan SOBRAS, se las servirán en la siguiente comida.

Los residentes NO deberán mirar a la directora a los ojos, ni hablarle sin autorización expresa.

Los residentes deberán llevar pijama o camisón DÍA Y NOCHE.

Los residentes NO deberán abandonar la residencia bajo ningún concepto. Si alguien intenta marcharse, será ENCADENADO a la cama.

Si tienen ustedes alguna QUEJA, no duden en redactar una carta y dejarla en el buzón de sugerencias. Todos los viernes lo vaciamos y quemamos su contenido.

Les deseamos una feliz estancia.

La madre de Jack no vio el letrero, pues solo tenía ojos para los globos y las guirnaldas de colores que lo tapaban casi por completo. Eso la llevó a preguntar:

—¡Caray!, ¿van a dar una fiesta, directora?

—Pues verá, sí y no, señora Bandera. ¡En Torres Tenebrosas siempre estamos de fiesta! —mintió la señorita Gorrina—. ¡Por favor, pasen al salón y súmense a la di-di-diversión!

Jack se fijó en cómo se le atragantaba la palabra «diversión». De hecho, más que pronunciarla, la señorita Gorrina la escupía como si fuera veneno. Era una lástima que sus padres no parecieran darse cuenta de lo malvada que era aquella mujer.

Por suerte, «El baile de los pajaritos» estaba a punto de acabar. Pero en cuanto lo hizo, una de las robustas enfermeras levantó la aguja del tocadiscos y volvió a ponerlo desde el principio.

¡TA-RA-RI-RA-RI-RA-RA! ♪

El salón estaba abarrotado de residentes y más enfermeras.

A primera vista, los ancianos parecían moverse alegremente al ritmo de la música.

—¿No es maravilloso, Barry? —comentó la madre de Jack—. ¡Se lo están pasando pipa!

El hombre asintió levemente con la cabeza, pero

en realidad no la escuchaba, porque estaba buscando a su padre por toda la habitación.

—Bueno, señora Bandera... —empezó la señorita Gorrina.

—Llámeme Barbara, por favor. Babs, para los amigos —dijo la madre de Jack.

—De acuerdo, Babs —empezó la directora de nuevo—. Modestia aparte, lo que hace a Torres Tenebrosas un lugar tan especial es lo felices que son nuestros residentes, en eso todo el mundo está de acuerdo. Y yo creo que es por el ambiente tan alegre que se respira entre estas paredes. ¡Nada nos gusta más que una buena FIESTA!

Jack no soportaba ver cómo aquella arpía intentaba ganarse la confianza de su madre.

—Ah, por cierto, señor Bandera —dijo la directora de pronto, volviéndose hacia su padre—, quería comentarle algo, un detalle sin importancia...

—¿De qué se trata?

—¿Ha traído usted el testamento de su padre, como le pedí?

—Ah, sí, señorita Gorrina, aquí lo tengo.

El hombre cogió un sobre del bolsillo de la chaqueta y se lo entregó.

¡BINGO!

«¡Eso era lo que la directora se traía entre manos!», pensó Jack en ese instante.

Ahora sabía qué estaba haciendo exactamente la malvada mujer con el papel de calcar: reescribir los testamentos de los ancianos y falsificar sus firmas al pie del documento, sin duda para convertirse en la única heredera de sus fortunas. Eso también explicaba la misteriosa habitación llena de objetos valiosos.

Aquello era una estafa a gran escala.

—¡Gracias! En mi despacho estará a buen recaudo.

—¡Mamá, papá! —gritó Jack. Tenía que decírselo.

—¡Por favor, estate calladito, hijo, que la directora está hablando! —replicó su madre.

—Sí, guárdelo usted, si es tan amable —dijo el padre de Jack—. No sabe cuánto se lo agradezco.

De repente, al mirar a su alrededor desesperado, el chico reparó en algo.

Algo siniestro.

Algo escalofriante.

Algo tan terrible que se le heló la sangre en las venas.

38

Muñecos de ventrílocuo

Jack se dio cuenta de que ninguno de los ancianos allí presentes se movía por su propia voluntad.

Las fornidas enfermeras de Torres Tenebrosas los manipulaban a su antojo, como haría un ventrílocuo con su muñeco. Un anciano cuyo audífono pitaba sin cesar parecía acompañar la música dando palmas, pero si lo mirabas atentamente te dabas cuenta de que era la enfermera Rosa la que le unía y separaba las manos.

Un poco más allá, una anciana parecía mover la cabeza al compás de la melodía, pero en realidad era la enfermera Hortensia quien la inclinaba hacia delante y hacia atrás.

Un tercer residente con la nariz rojiza y un monóculo daba la impresión de ser un bailarín profesional. El hombre, que era bastante bajito, daba vueltas y más vueltas por el salón guiando a su compañera de baile, una enfermera bastante alta. ¿O sería al revés? Visto de cerca, saltaba a la vista que era la enfermera Violeta la que zarandeaba al anciano y lo sostenía para que no se cayera. El pobre hombre arrastraba las zapatillas por el suelo, tenía los ojos cerrados y roncaba audiblemente.

La familia Bandera no era la única que había acudido esa tarde a Torres Tenebrosas. Al fin y al cabo, eran los únicos quince minutos que los familiares de los residentes tenían en toda la semana para visitar a sus seres queridos. Entre ellos había un anciano que llevaba gafas de culo de botella y que al parecer había ido a visitar a su esposa, una mujer menuda y frágil como un pajarito. La pareja parecía jugar a las damas, aunque en realidad una de las enfermeras más rechon-

chas, la enfermera Tulipa, había metido los brazos por dentro de las mangas de la rebeca de la anciana y movía las piezas por ella. Lo que la delató a los ojos de Jack fue que aquella mujer tan pequeña y delicada pareciera tener enormes manos peludas.

Cerca de allí, dos niños pequeños hacían compañía a una anciana rolliza que debía de ser su abuela. La madre de los niños hojeaba una sobada revista, sin apenas prestar atención a lo que pasaba a su alrededor, y la anciana parecía dar palmaditas en la cabeza de sus nietos, pero Jack vio que tenía un hilo de pescar atado a las manos. Lo siguió con la mirada, ya que el hilo brillaba al trasluz, y descubrió que desaparecía detrás de una cortina, al otro lado de la estancia. Es-

condida tras esa cortina, la enfermera Azucena sostenía una caña de pescar. Cada vez que la movía arriba y abajo, la mano de la anciana subía y bajaba.

«Qué grima da todo esto...», pensó Jack. No le cabía duda de que la señorita Gorrina montaba aquel espectáculo todos los domingos por la tarde para las visitas.

Tal vez lograra engañar a la mayoría, pero a él no.

—Señorita Gorrina, ¿dónde está mi abuelo? —preguntó el chico—. ¿Qué ha hecho con él?

La directora se limitó a sonreírle.

—En cuanto habéis llegado he mandado llamar a tu abuelo. No creo que tarde en unirse a la fiesta.

En ese preciso instante, la puerta del salón se abrió de golpe y el abuelo entró, sentado en una antiquísima silla de ruedas de madera que empujaba la enfermera Margarita, la del diente de oro y la calavera tatuada en el brazo. El anciano parecía estar profundamente dormido.

«Oh, no... —pensó el chico—. Al final lo habrán obligado a tragar los somníferos.» Mientras la enfermera Margarita aparcaba al abuelo delante de un televisor con la pantalla llena de nieve, Jack se fue corriendo hacia él. Como sabían que abuelo y nieto estaban muy unidos, los padres del chico les concedieron unos instantes a solas. Jack cogió la mano del anciano y la estrechó con fuerza.

—¿Qué te han hecho? —preguntó en voz alta, sin esperar respuesta.

De repente el abuelo abrió un ojo, que describió un gran círculo y acabó enfocando a su nieto.

—¡Ah, qué alegría, comandante! —susurró—. Ya veo que ha conseguido infiltrarse en las filas enemigas.

Tras dudar unos instantes, el chico asintió.

—Afirmativo, señor.

—Estupendo, estupendo. ¡Debo decir que los Smarties han funcionado a las mil maravillas! —añadió el anciano mientras le guiñaba un ojo. Jack no pudo evitar sonreír.

¡El abuelo los había engañado a todos! Luego el anciano echó un vistazo a su alrededor y dijo:

—Y bien, comandante, ¿qué le parece si salimos fuera y hacemos un poco de... «jardinería»?

Jack comprendió enseguida a qué se refería y le guiñó el ojo a modo de respuesta.

39

Pie con bola

Jack y el abuelo se fueron juntos, bajo la atenta mirada de la señorita Gorrina. Al ser el día de visita en Torres Tenebrosas la puerta principal estaba abierta, así que salieron al patio y se encaminaron al jardín. Los padres de Jack se quedaron en el salón, donde se estaba calentito, siguiéndolos desde la ventana.

En cuanto se vio a una distancia prudente del edificio principal, el abuelo le pasó a Jack un par de calcetines llenos de tierra y le dijo que se los metiera por dentro de los pantalones, uno en cada pernera. Tan pronto como llegaron al jardín (que en realidad no era más que una triste franja de tierra en la que asomaba un par de bulbos), el chico siguió el ejemplo de su abuelo. Caminando como un par de pingüinos, primero el anciano y luego Jack tiraron de las gomas elásticas, vaciaron los calcetines y dejaron caer la tierra, que se deslizó por sus piernas y salió por los bajos de los pantalones. Tras comprobar que las enfermeras de guardia en las torres de observación no estaban mirando, se pusieron a apisonar la tierra con los pies.

—¿Está aquí TODA la tierra que sacó usted anoche, teniente coronel? —preguntó el chico.

—Afirmativo, comandante —contestó el abuelo, muy orgulloso.

Jack contempló el diminuto montículo. Como mucho, daría para llenar un par de latas. A ese ritmo, el abuelo no acabaría de excavar el túnel hasta el año 2083.

—El caso es que... ejem... —empezó el chico, pero no se atrevía a acabar la frase por temor a herir los sentimientos del anciano.

—**¡Desembuche de una vez, hombre!**
—exclamó el abuelo.

—Verá, me preocupa que el túnel nunca vaya a estar acabado, si esa es la cantidad de tierra que puede usted sacar en toda una noche.

El anciano miró al chico con dureza.

—¿Alguna vez ha intentado excavar un suelo de piedra sin más herramientas que una cuchara?

No hacía falta pensar demasiado para contestar a esa pregunta. A Jack, como a la mayoría de los habitantes del planeta, nunca se le había ocurrido hacer semejante tontería.

—No.

—¡Bueno, pues deje que le diga que es un trabajo agotador! —exclamó el abuelo.

—¿Y cómo puedo ayudarlo en su plan de fuga, señor?

El anciano reflexionó unos instantes.

—¿Trayéndome una cuchara más grande?

—Con todos mis respetos, señor, no creo que el tamaño de la cuchara vaya a cambiar demasiado las cosas.

—Estoy dispuesto a probarlo todo con tal de salir de este infierno. Como oficial británico, es mi deber intentar escapar. ¡Debe prometerme que me traerá otra cuchara mañana por la noche! —lo apremió el abuelo.

—¿Una cuchara sopera?

—¡Esta misión no es moco de pavo, comandante! ¡Necesito un cucharón!

—Se lo prometo, señor —murmuró Jack.

—Comandante, lo único que me da fuerzas para seguir adelante es la idea de volver a subirme a mi Spitfire.

En ese momento, las sospechas de la señorita Gorrina debieron de ser más fuertes que ella, pues salió escopeteada del edificio y cruzó el jardín a trompicones con sus botas de tacón mientras la capa ondeaba a su espalda. Avanzaba flanqueada por dos de sus siniestras secuaces, la enfermera Rosa y la enfermera Hortensia, a cual más corpulenta y musculosa. De hecho, más que enfermeras, parecían sus guardaespaldas. Las seguían los padres de Jack, jadeando y sudando la gota gorda para no quedarse atrás.

—Ya veo que hoy le ha tocado el turno de jardinería... —comentó la directora. Sus palabras estaban cargadas de desconfianza.

—Sí, así es —contestó el abuelo—. ¡Estos parterres estaban un poco abandonados, Kommandant! —añadió a gritos.

—¿Kommandant? —repitió la señorita Gorrina—. ¡Este viejo tonto se cree que está en un campo de prisioneros de guerra!

La directora rompió a reír a carcajadas. Las dos enfermeras tardaron un poquito en entender el chiste.

—¡JA, JA, JA!

Cuando los padres de Jack llegaron al parterre, la señorita Gorrina decidió exhibirse un poco.

—¡Hay que tener mucho sentido del humor para trabajar en Torres Tenebrosas!

—Gran verdad, sí, señora —asintió la enfermera Rosa con su voz áspera.

—La mayoría de los residentes están un poco chalados, pero este se lleva la palma, desde luego.

—¡Cómo se atreve! —protestó el chico.

—No seas maleducado, hijo —le regañó su madre.

—¡Mírenlo! —exclamó la directora—. ¡Este hombre no da pie con bola!

—¡En eso se equivoca, Kommandant! —replicó el abuelo—. El otro día marqué dos goles en un partido amistoso contra el escuadrón 501 de Gloucester.

—Lo que hay que oír... —murmuró la directora—. Bueno, empieza a refrescar, ¿no creen?

—Tiene usted razón —dijo el padre de Jack. Como era tan flacucho, había empezado a temblequear a causa del frío.

—Enfermeras, ¿serían ustedes tan amables de ayudar al pobre señor Bandera a regresar a la residencia? —ordenó la señorita Gorrina.

—¡Teniente coronel Bandera! —protestó el abuelo.

—Sí, sí, lo que usted diga... —replicó la señorita Gorrina con sarcasmo.

Las enfermeras Rosa y Hortensia cogieron al an-

ciano por los tobillos y lo llevaron de vuelta al edificio colgado boca abajo.

—¡Soltadlo! —gritó Jack.

—¿Tienen que llevarlo así? —preguntó su padre en tono de súplica.

—¡Es lo mejor para sus problemas de columna! —replicó la directora, quitándole hierro.

Jack no pudo más y se abalanzó sobre una de las enfermeras por la espalda. La mujer se lo quitó de encima de un manotazo, como si no fuera más que un insecto.

—¡Jack! —exclamó su madre, cogiéndolo del brazo y tirando de él.

—¡No hablaré, Kommandant, que lo sepa! —gritó el anciano mientras se lo llevaban—. ¡Antes la muerte que traicionar al rey y a mi país!

—¡Kommandant, dice! ¡Ja, ja! ¡Es para partirse de risa! —dijo la directora, y luego consultó su reloj—. Bueno, deberíamos volver dentro y disfrutar de la fiesta. ¡Aún nos quedan dos largos minutos!

La directora cedió el paso a los padres de Jack.

—Por favor... Barbara... Barry. Los invitados primero.

Y entonces, antes de seguirlos, la señorita Gorrina se detuvo un momento para intercambiar unas palabras en privado con Jack.

—Sé que andas tramando algo, mocoso... —masculló—. Que sepas que te estaré vigilando.

Un **escalofrío** recorrió la espalda del chico.

40

La «braguirnalda»

Al día siguiente por la noche Jack estaba sentado en la cama de arriba de su litera. Debajo de la almohada había escondido un gran cucharón que había robado del comedor de la escuela a la hora del almuerzo. Se lo había metido por dentro de los pantalones y se había pasado el resto del día cojeando como si tuviera una pata de palo.

Ahora, mientras las maquetas de los aviones se mecían alrededor de su cabeza, el chico se sentía indeciso. Había prometido al abuelo que esa noche haría otra de sus visitas secretas a Torres Tenebrosas. Sin embargo, ni siquiera con el cucharón tenía el anciano la menor posibilidad de escapar. Si Jack seguía llevándole la corriente, era solo para que el hombre no perdiera la esperanza porque, si eso ocurría, no tendría nada a lo que aferrarse. «El abuelo podría agotar sus últimos días de vida excavando ese túnel, soñando con una huida que nunca llegará», pensó Jack. Por más que odiara Torres Tenebrosas y a la siniestra señorita Gorrina, no tenía un plan mejor. Había intentado hablar con sus padres una vez más, pero de nada había servido. Creían que su hijo tenía una imaginación hiperactiva por haber pasado tanto tiempo en compañía del abuelo chiflado. Para ellos, toda aquella historia no era más que otra de las fantasías que ambos compartían.

Así que el chico esperó a que se hiciera de noche y, puntual como un reloj, cogió el cucharón y saltó por la ventana de la habitación. Sin embargo, cuando llegó a Torres Tenebrosas, descubrió algo inquietante. Alguien había arrancado de cuajo el bajante que había usado hasta entonces para trepar hasta la ventana del dormitorio masculino. Lo encontró hecho añicos sobre la grava. ¿Andarían la directora y su ejército de enfermeras tras su pista? Sin el bajante, no tenía forma de escalar hasta la segunda planta del edificio. Temiendo caer en una trampa que pudiera meter a su abuelo en un lío todavía mayor, el chico decidió marcharse enseguida, pero justo cuando se disponía a cruzar el patio oyó un ruido procedente del tejado.

ÑEEEC...

Era el chirrido de una portezuela de madera al

abrirse. ¿Sería la señorita Gorrina, o tal vez una de sus enfermeras? ¿Lo habrían visto?

Al mirar hacia arriba, vislumbró en lo alto del edificio una silueta que asomaba por un ventanuco del tejado.

¡Era el abuelo!

Todavía con el pijama puesto, el anciano intentaba escabullirse por el hueco de la ventana, que era muy pequeño. Mientras forcejeaba, se le bajó el pantalón del pijama, dejando a la vista su trasero arrugado como una pasa.

El abuelo salió gateando al tejado y, una vez fuera, se levantó. En cuanto recuperó el equilibrio, se subió los pantalones.

El tejado tenía una pendiente bastante pronunciada, y el anciano bajó tambaleándose hasta el borde, zarandeado por el cruel viento invernal que soplaba desde el descampado.

Jack lo llamó, tratando de no levantar demasiado la voz:

—¿Qué demonios hace usted ahí arriba?

Al principio, el anciano no comprendía de dónde venía aquella voz.

—¡Aquí abajo!

—¡Ah, comandante! ¡Cuánto me alegro de verlo! Querrá usted decir: «¿Qué demonios hace usted ahí arriba, SEÑOR?». Solo porque estemos en guerra, no hay que olvidar los buenos modales.

—Le ruego que me disculpe. ¿Qué demonios está usted haciendo ahí arriba, señor? —preguntó el chico.

—El Kommandant sospecha algo. Ha ordenado que registren el campo de arriba abajo, y uno de los guardias ha encontrado el túnel que excavé en el sótano. Bueno, yo lo llamo túnel, pero en realidad lo único que han descubierto son las muescas que hice con la cuchara en el suelo de piedra. Ahora saben que alguien intenta escapar. Hace un rato, los guardias han entrado en nuestras celdas y lo han puesto todo patas arriba. Maldita sea su estampa. Han destrozado muebles y han volcado las camas en busca de pistas.

—¿Han encontrado el cucharón?

—¡No! Me las he arreglado para esconderlo apretándolo entre las nalgas. ¡Es el único sitio donde no han buscado! Pero no podía seguir aguantándolo ahí mucho más tiempo, por lo que he tenido que pasar al plan B. ¡Me escaparé esta misma noche!

—¿Esta noche?

—Afirmativo, comandante.

—Pero, señor, ¿cómo va a bajar de ahí arriba? Son cuatro plantas.

—Ya. Lástima no tener mi paracaídas a mano. ¡Pero me las apañaré con esto!

El anciano regresó al ventanuco y sacó de su interior lo que parecía una especie de cuerda. Vista de cerca, no era una cuerda ni mucho menos. En realidad, eran cerca de treinta pares de bragas de señora que el abuelo había atado entre sí.

—¿De dónde ha sacado usted tantas bragas, señor?

—¡Mías no son, comandante, si es eso lo que insinúa!

—¡En absoluto, señor! —replicó el chico. Pero lo cierto es que allí había una cantidad de bragas tremenda. Podría incluso decirse que era una «braguirnalda».

—¡Las he encontrado tendidas en el cuartito de la colada! —informó el abuelo—. ¡Decenas de bragas de señora, todas de la talla extragrande! ¡De lo más inusual!

El anciano empezó a desenrollar la improvisada cuerda y la dejó caer despacio hasta que tocó el suelo.

«Oh, no —pensó Jack—, mi abuelo va a bajar como un alpinista por la pared de un edificio agarrado a unas bragas llenas de encajes y volantes.»

—¡Cuidado, abuelo, quiero decir, comandante!

Desde el suelo, Jack vio cómo el anciano anudaba un extremo de la «braguirnalda» en torno al campanario, en lo alto de Torres Tenebrosas.

—¡Asegúrese de que el nudo no se deshaga, señor! —gritó el chico.

Al viejo oficial de la RAF no le hizo demasiada gracia que lo tomaran por un inepto.

—¡Muchas gracias, comandante, pero no es la primera vez que tengo entre manos unas bragas de señora!

El abuelo tiró de la «braguirnalda» para asegurarse de que quedaba bien sujeta. Luego se agarró a ella con ambas manos y empezó a bajar por el muro lateral del edificio. La seda de las bragas era más fuerte de lo que ninguno de los dos hubiese imaginado y soportó el peso del anciano sin problemas.

Poco a poco, el abuelo fue bajando hasta el suelo.

Todo estuvo a punto de irse al garete cuando sus pies resbalaron en la pared mojada de ladrillo. Una de las zapatillas se le cayó y golpeó a Jack en la cabeza.

¡CLONC!

—Mis disculpas, comandante.

Jack recogió la zapatilla y la sostuvo, impresionado por la fuerza y agilidad del anciano, hasta que el abuelo llegó abajo. El chico se cuadró ante él, como de costumbre, y le devolvió la zapatilla como si de una medalla se tratara.

Entonces el hombre se quitó la chaqueta del pijama, bajo la cual llevaba puesto el uniforme de piloto de la RAF.

—¡Gracias, viejo amigo! —dijo el abuelo, volviendo a calzarse la zapatilla.

Jack miró hacia el patio de Torres Tenebrosas. Los reflectores se movían en círculos en el extremo opuesto del recinto. Si se daban prisa, tal vez consiguieran saltar al otro lado del muro sin ser vistos.

—Tenemos que irnos ahora mismo, señor —susurró el chico.

—Ah, sí, comandante. Antes, quisiera comentarle un pequeño detalle.

—¿De qué se trata, teniente coronel?

—Verá, ya no estoy solo en la comisión de fugas.

—¿A qué se refiere con «la comisión de fugas»? —preguntó Jack.

— *¡Chisss!* —dijo alguien desde arriba.

Abuelo y nieto miraron en esa dirección. Había cerca de una docena de ancianos plantados en el tejado, todos en pijama o en camisón. Cada vez eran más, e iban saliendo como podían por el estrecho ventanuco de la buhardilla.

Aquello se había convertido en una fuga masiva.

41

Una espléndida fuga

—¡Orden ante todo! —exclamó el abuelo—. De uno en uno, por favor.

—¡Pero yo creía que estaban todos bajo los efectos de los somníferos! —señaló Jack mientras el primer residente se descolgaba del tejado.

—¡Y lo estaban, hasta que han empezado a tomar mis Smarties en lugar de las pastillas!

—Es verdad que me pidió usted un montón... —El chico se estaba poniendo nervioso—. Pero ¿cuántos piensan huir esta noche?

El abuelo soltó un suspiro.

—No hace falta que le recuerde, comandante, que todo prisionero de guerra británico tiene el deber de intentar escapar.

—¿¡TODOS!?

—¡Todos y cada uno de ellos! ¡Vaya poniendo el agua a hervir, señor Churchill, que llegaremos a tiempo para tomar el té!

Tal como iban llegando abajo, uno tras otro, el abuelo recibía a los ancianos con un saludo militar y ellos se quitaban la ropa de dormir, bajo la que iban vestidos «de paisano».

—¡Buenas noches, capitán! —dijo el abuelo al caballero de la nariz rojiza y el monóculo. Jack lo reconoció de la visita del domingo.

—¡Una noche perfecta para la fuga, teniente coronel! —contestó el hombre.

El abuelo saludó al siguiente anciano que bajó por la cuerda de bragas.

—¡Buenas noches, contraalmirante! —dijo.

—Buenas noches, Bandera. ¡Una

espléndida fuga, le felicito! —contestó el contraalmirante, que en sus tiempos debía de ser un peso pesado de la Marina. También estaba en el salón la víspera, era el del audífono que pitaba tan fuerte que dejaba sordos a todos los demás.

—Gracias, señor.

—No deje de venir a verme a mi camarote cuando todo esto haya pasado, ¡brindaremos con una copa de champán!

—Será un placer, señor —contestó el abuelo—. Buenas noches y buena suerte.

—Lo mismo le deseo. Veamos, se trata de llegar a ese muro de ahí, ¿verdad? —preguntó el contraalmirante, que no parecía tener ninguna prisa por huir.

—Sí, señor —intervino Jack—. Solo hay que trepar por la rama de ese sauce llorón para pasar al otro lado.

—Estupendo, estupendo, en ese caso me pondré en marcha —repuso el contraalmirante—. Nos vemos al otro lado.

Dicho lo cual, se cuadró ante el chico y luego se puso a encender la pipa.

—Tal vez sea mejor esperar a estar al otro lado para fumar, ¿no cree, señor? —sugirió Jack—. No queremos atraer los reflectores.

—No, no, no. Por supuesto que no. ¡Qué despiste el mío! —dijo el anciano, volviendo a guardar la pipa en el bolsillo y adentrándose en la oscuridad.

De pronto, se oyó un gran alboroto allá arriba. La última fugitiva, la anciana rechoncha a la que Jack había visto el día anterior en el salón, se había quedado atascada al intentar salir por el ventanuco y pedía auxilio a grito pelado.

—¡No puedo salir, teniente coronel! —exclamó.

—¡Oh, no! —dijo el abuelo con un suspiro—. Es Torrija. Debe de ser de la WAAF.

—¿La Fuerza Aérea Auxiliar Femenina? —preguntó el chico.

—¡Sí, pero en lugar de localizar a los aviones enemigos, se ha dedicado a engullir pasteles! Tendría que haber sabido que no pasaría por el hueco. Usted quédese aquí, comandante. Ya subo yo a rescatarla —anunció.

—¡De eso nada, señor! —replicó Jack en tono desafiante—. Es demasiado peligroso. ¡Lo acompañaré!

El abuelo sonrió.

—¡Así se habla, comandante!

Dicho y hecho. Abuelo y nieto empezaron a trepar por la cuerda de bragas para volver al tejado.

—¡Subir cuesta mucho más que bajar! —observó el anciano.

Para entonces, la «braguirnalda» se había tensado tanto que estaba a punto de romperse. Mientras subía, Jack se fijó en lo deshilachada que estaba la seda y dudó de que fuera a aguantar el peso de la señora Torrija, pero no tenían alternativa. Habría que intentarlo.

Finalmente, llegaron al tejado.

Jack y su abuelo se quedaron mirando a la señora Torrija, que seguía atascada en la ventana, y se plantearon qué hacer.

—Un brazo cada uno, no hay otra solución —concluyó el abuelo con mucho aplomo, como si fuera un experto en sacar a señoras rollizas de ventanucos estrechos.

—¡Esto es de lo más indecoroso! —protestó la anciana. La señora Torrija era fina y delicada como una damisela—. Además, necesito empolvarme *la nariz*.

—¿Que necesita qué? —replicó Jack.

—Usar el... mmm... *excusado* —dijo la anciana.

—¿El qué? —El chico no tenía ni idea de a qué se refería.

—¡Que tengo que hacer... mmm... *aguas menores*!

—¡Lo siento, pero no sé de qué me habla!

—**¡Que me estoy meando!** —gritó la señora Torrija, montando en cólera.

—Ah, lo siento...

—Tendrá que aguantar usted un poco, Torrija —dijo el abuelo—. Primero tenemos que sacarla de ahí.

—¡Pues sí, si no es mucho pedir! —Su tono era sarcástico, como si todo aquello fuera culpa del abuelo. Desde luego él no tenía la culpa de que la mujer se hubiese pasado media vida comiendo dulces a dos carrillos. Pero no era momento de ponerse a discutir sobre eso.

—Si pudiéramos conseguir que alguien la empujara por detrás... —dijo el anciano, pensando en voz alta.

—¡*Oh, sí, eso sería maravilloso!* —protestó la vieja dama, levantando la voz—. ¡Ni que estuviera hablando de un autobús estropeado!

—¡Haga el favor de bajar la voz, señora! —susurró el abuelo—. Que llamará la atención de los guardias.

—¡No diré una sola palabra más! —replicó la señora Torrija, todavía un poco más alto de la cuenta en opinión de Jack y del abuelo.

—¿Listo, comandante? —preguntó el anciano.

—Listo, señor —contestó el chico.

Jack y el abuelo cogieron a la mujer por los brazos.

—Vamos allá, comandante —dijo el abuelo—. A la de tres, tiraremos juntos: un, dos, tres, ¡YA!

Nada. La mujer no se movió ni un milímetro.

—¡En mala hora me apunté a este paseo nocturno! —protestó la señora Torrija, lo que no resultaba de mucha ayuda.

—¡Otra vez! —ordenó el abuelo—. Un, dos, tres, ¡YA!

Pero fue en vano.

—La próxima vez que alguien me invite a sumarme a una fuga, ¡por favor, recordadme que rechace amablemente la invitación! —farfulló la dama, más para sus adentros que otra cosa—. Solo dije que sí por los Smarties.

—¡Último intento! —anunció el abuelo—. ¡Un, dos, tres, ¡YA!

Esta vez, sin que nadie supiera muy bien por qué, la señora Torrija se escurrió hacia abajo por el hueco de la ventana. Volvía a estar dentro de Torres Tenebrosas.

—¡Vaya, muchas gracias! —protestó la anciana—. ¡Ahora me quedaré aquí atrapada para siempre!

—¿Qué demonios vamos a hacer, señor? —preguntó Jack—. ¡Nunca podremos sacarla de ahí, y se nos agota el tiempo!

42

Moratones en el pompis

—Estoy en ello, comandante —repuso el abuelo mientras seguían plantados en el tejado de Torres Tenebrosas—. No quiero dejar atrás a un solo hombre...

—¡O mujer! —corrigió la señora Torrija.

—... o mujer. Necesitamos refuerzos. Voy a movilizar a la Armada. —Dicho esto, el abuelo se asomó al borde del tejado—. ¡Capitán! ¡Contraalmirante! —llamó en la oscuridad.

—¿Sí, señor? —se oyó la voz del capitán desde abajo.

—¡Necesito refuerzos!

Sin dudarlo un segundo, los dos viejos héroes de

guerra volvieron a cruzar el jardín y treparon por la «braguirnalda», seguidos de cerca por una docena más de fugitivos.

—¿Les importaría darse un poco de prisa? —protestó la señora Torrija—. ¡De verdad que necesito ir al baño!

Los ancianos unieron fuerzas para formar dos cadenas humanas. Al final de cada cadena, alguien sujetaba con fuerza uno de los brazos de la señora Torrija.

—¡Trabajo en equipo! —anunció el abuelo—. Eso es lo que nos permitirá ganar esta guerra. ¡Trabajo en equipo! Tenemos que ir todos a una.

—¡Así se habla! —exclamó el capitán.

El abuelo dio la orden.

—Un, dos, tres, ¡YA!

Esta vez, la señora Torrija salió disparada por el hueco de la ventana. En un visto y no visto, todos los

ancianos retrocedieron a trompicones y acabaron amontonados unos encima de otros.

¡CHOF!

—¡Trabajo en equipo, señor! —exclamó Jack con una sonrisa mientras se escabullía de debajo de la pila humana.

—¡Enhorabuena, soldados! —dijo el abuelo—. Y ahora, todo el mundo abajo otra vez, y rapidito.

Uno tras otro, los ancianos volvieron a bajar por la cuerda. La señora Torrija era la última de la fila.

—No estoy seguro de que la cuerda vaya a aguantar tanto peso, señor —comentó Jack al abuelo tras echar un vistazo a la rolliza mujer.

—Lo he comprobado, y puede usted estar tranquilo, comandante: son bragas de la mejor calidad, fabricadas todas ellas en Gran Bretaña. Estoy seguro de que aguantarán sin problemas, siempre que Torrija siga mis instrucciones y se lo tome con calma...

Pero la señora Torrija no era de las que acataban órdenes. Lejos de esperar, cogió la «braguirnalda» y se descolgó por el borde del tejado con más ímpetu del aconsejable. Tal como había predicho Jack, la cuerda no aguantó su peso. Mientras la mujerona se deslizaba hacia abajo a una velocidad alarmante...

¡AAAAAAAAAAAAYYYYYYYYYYY!

... un par de bragas de seda se RASGARON.

¡RAAAAAS!

Y la señora Torrija aterrizó en el suelo.

¡CATAPLÚN!

—*¡AAAAAAAAAAYYYYYY!*
—chilló la mujer.

Por suerte, no cayó desde una gran altura; como mucho, le saldrían unos moratones en el pompis. La «braguirnalda» la siguió en su caída y aterrizó sobre su cabeza.

—¡Estoy cubierta de bragas!

—protestó a gritos—. ¡No podré volver a presentarme en sociedad!

—**¡Chisss!** —susurró Jack.

Pero era demasiado tarde. Desde lo alto de las torres de observación, las enfermeras oyeron los alaridos de la señora Torrija. Los reflectores no tardaron en apuntar hacia allí. Uno de ellos iluminó a la mujer y otro al grupo de fugitivos que cruzaba el jardín a la carrera.

—¡Deprisa, corran hacia el sauce llorón! —gritó Jack desde el tejado—. ¡Es la única vía de escape!

Ayudándose unos a otros como podían, los ancianos avanzaron en tropel hacia el muro.

De pronto, unos focos cegadores iluminaron el edificio de la residencia y todo el espacio a su alrededor.

DING DONG DING DONG
DING DONG DING DONG!

La campana de la torre empezó a sonar. Habían dado la alarma.

Uno de los reflectores alumbró a Jack y al abuelo, que seguían en el tejado. Por unos instantes, quedaron enmarcados en un círculo de resplandeciente luz. Con la «braguirnalda» rota, no podían bajar.

Estaban atrapados.

43

¡Adentro!

Desde el tejado de Torres Tenebrosas, Jack y el abuelo vieron cómo los fugitivos desaparecían al otro lado del muro de la residencia.

—Suerte, compañeros —murmuró el anciano, despidiéndose de ellos con un saludo militar antes de perderlos de vista.

Un grupo de enfermeras había salido a toda prisa del edificio para perseguirlos. La «braguirnalda» había quedado inutilizada. Alguien había arrancado el bajante de la pared. Si intentaban saltar, lo más probable era que acabaran con todos los huesos rotos. A Jack solo se le ocurría una vía de escape.

—¡Adentro, señor!

—Ah, ¿ya es la hora del cóctel? —preguntó el abuelo, inocentemente—. Tomaré un gin-tonic, por favor.

—No, me refiero a que tenemos que volver a bajar por el ventanuco. ¡Es la única salida!

—Ah, sí, por supuesto. Bien visto, comandante. ¡Debo sugerir al teniente general del Aire que le dé una medalla!

El chico estaba que no cabía en sí de orgullo.

—Gracias, señor. ¡Pero no hay tiempo que perder! ¡Vámonos!

Jack cogió la mano del abuelo para guiarlo por la pendiente del tejado. Un resbalón bastaría para que se precipitaran hacia una muerte segura. Pero justo cuando alcanzaron el ventanuco vieron la punta del bastón de la directora asomando hacia fuera. El artilugio emitía un zumbido eléctrico. Jack comprendió de golpe que, en realidad, no era un bastón, sino una especie de pistola de las que usaban los granjeros para dar descargas eléctricas al ganado y conseguir así que se moviera en la dirección deseada. En manos de la directora, sin embargo, parecía más bien un instrumento de tortura.

La mujer trepó hasta el tejado y se puso en pie. Allí estaba, con la pistola eléctrica en ristre y la capa ondeando al viento.

Una tras otra, las enfermeras Rosa y Hortensia pasaron con dificultad por el hueco del ventanuco y se reunieron con ella.

Con una sonrisa de lo más siniestra, la malvada

mujer avanzó hacia Jack y el abuelo, flanqueada por las enfermeras.

—Ya sabía yo que algo tramabais cuando os vi ayer en el jardín —dijo entre dientes—. ¡Ha habido una fuga masiva esta noche, y vosotros sois los instigadores!

—¡No castigue a mi abuelo, por favor! ¡Se lo ruego! —suplicó Jack—. ¡Todo ha sido idea mía!

—En realidad, Kommandant, es a mí a quien debería usted encerrar en una celda de castigo. ¡El joven aquí presente no ha tenido absolutamente nada que ver con el plan de fuga!

—¡A CALLAR! —vociferó la directora—. ¡LOS DOS!

Ambos se callaron al instante.

La directora apretó el botón de su pistola para guiar el ganado y una enorme chispa eléctrica salió disparada por el extremo.

—¿Qué piensa hacer con eso, Kommandant? —preguntó el abuelo.

—¡He mandado adaptar esta pistola de guiar ganado para que transmita diez millones de voltios en cada descarga! Con solo apretar este botón, es capaz de dejar fuera de combate a un hombre hecho y derecho.

El abuelo se puso delante de Jack para protegerlo.

—¡Eso es una barbaridad, Kommandant! —exclamó—. ¡Está prohibido torturar a los prisioneros de guerra!

Una sonrisa diabólica iluminó el rostro de la señorita Gorrina.

—Prestad atención.

Dicho esto, atizó a la enfermera Rosa con la pistola eléctrica al tiempo que apretaba el botón. Un rayo blanco y azul salió disparado de su interior.

Por un momento, todo el cuerpo de la enfermera se iluminó, sacudido por una descarga eléctrica. La directora apartó el dedo del botón y la enfermera cayó fulminada al suelo.

Mientras la señorita Gorrina se reía para sus adentros Jack y el abuelo contemplaban la escena, mudos de asombro. ¿Cómo podía hacerle algo así a una de sus propias secuaces? Hasta la enfermera Hortensia estaba nerviosa y se movía de un lado a otro del tejado.

—Perdone, pero ¿le importaría volver a hacerlo? Es que no lo he visto bien —insinuó el abuelo. El anciano esperaba que la directora cayera en su trampa y le diera un calambrazo a la otra enfermera.

—¡Este carcamal me ha tomado por tonta! —exclamó la directora. La enfermera Hortensia soltó un suspiro de alivio—. ¡Cógelos! —ordenó la señorita Gorrina.

La robusta enfermera pasó por encima de su compañera inconsciente y se abalanzó hacia ellos, alargando dos brazos como leños.

—¡Al campanario! —gritó el abuelo.

La campana de Torres Tenebrosas seguía sonando para dar la alarma. Según se acercaban, el tañido se volvía ensordecedor. La campana estaba suspendida en lo alto de un pequeño campanario, sujeta por una larga y gruesa cuerda que llegaba hasta el suelo.

—¡BAJAREMOS POR LA CUERDA! —gritó el anciano. El problema era que la cuerda subía y bajaba a toda velocidad porque alguien desde abajo tiraba de ella para tocar la campana.

Jack miró hacia atrás y vio a la enfermera Hortensia pisándoles los talones. La señorita Gorrina la seguía de cerca, blandiendo su pistola eléctrica. No había alternativa. Jack saltó al vacío, agarró la cuerda con ambas manos y se deslizó a toda velocidad por el hueco del campanario. Las palmas de las manos le escocían como si estuvieran ardiendo.

—**¡Aaaaay!** —gritó el chico.

Miró hacia abajo y vio a la enfermera Margarita allí plantada, tirando de la cuerda. Justo cuando esta levantó la mirada, Jack se desplomó sobre ella.

¡CATAPLÚN!

La enfermera amortiguó la caída Y DE PASO se quedó fuera de combate. «¡DOS POR UNO!», pensó el chico. Pero cuando cayó despatarrada, a la enfermera Margarita se le cayó la peluca, dejando a la vista un cráneo rapado. Al observarla más de cerca, Jack comprobó que una barba de tres días le ensombrecía el rostro.

¡Era un hombre!

44

Sobre gustos no hay nada escrito

De pronto, Jack oyó un ruido procedente de arriba. Al levantar los ojos, vio al abuelo bajando por la cuerda de la campana a toda velocidad. El chico se apartó rápidamente de su trayectoria.

—¡Fíjese, teniente coronel, la enfermera es un hombre! —exclamó Jack cuando el abuelo llegó abajo. Ahora entendía por qué las enfermeras de Torres Tenebrosas eran tan corpulentas y fortachonas—. ¡Puede que todas lo sean!

El abuelo observó al hombre unos instantes.

—Bueno, sobre gustos no hay nada escrito. Yo me entrené junto a un excelente piloto que se llamaba Charles. Los fines de semana se vestía de mujer y nos pedía que lo llamáramos Clarissa. La verdad es que, como mujer, era guapísima. Hasta le hicieron un par de proposiciones de matrimonio.

Por desgracia, en ese instante Jack no podía seguir

indagando en tan fascinante información. Tenían que encontrar el modo de salir de Torres Tenebrosas. El abuelo conocía el edificio por dentro mucho mejor que él.

—¿Dónde vamos ahora, teniente coronel? —preguntó el chico.

—Estoy pensando, comandante, estoy pensando... —contestó el anciano.

Pero antes de que el abuelo tuviera ocasión de pensar en nada, el chico gritó:

—¡Cuidado!

Jack tiró con fuerza del abuelo para apartarlo porque la enfermera —o tal vez enfermero— Hortensia bajaba como un meteorito en su dirección con la cuerda enrollada en torno a las piernas peludas.

—¡Deprisa, por aquí! —exclamó el abuelo, y se fueron los dos a toda prisa.

Justo cuando la enfermera Margarita volvía en sí, la enfermera Hortensia aterrizó sobre ella, volviendo a dejarla sin sentido.

¡CATAPLÚN!

Con el porrazo, a la enfermera Hortensia se le cayó la peluca. ¡También era un hombre! «Todas las enfermeras de Torres Tenebrosas deben de serlo», pensó Jack. Nada en aquella residencia de ancianos era lo que parecía.

Mientras el hombretón de cabeza rapada se levantaba con dificultad, Jack y el abuelo alcanzaron la puerta y la cerraron de un portazo a su espalda.

¡PAM!

La enfermera Hortensia (o como quiera que se llamara realmente) aporreó la puerta con los puños, pesados como ladrillos, mientras al otro lado Jack y el abuelo ejercían presión en sentido contrario con la espalda. La «enfermera» era fuerte como un toro, y no podrían contenerla por mucho tiempo.

—¡El aparador, comandante!

—ordenó el abuelo.

El anciano siguió presionando la puerta con la espalda mientras su nieto arrastraba el pesado mueble para atrancarla, dejando así a las

enfermeras Hortensia y Margarita encerradas en el campanario.

El aparador empezó a estremecerse con los golpes que daban al otro lado de la puerta...

¡PAM!, ¡PAM!, ¡PAM!

... y Jack y su abuelo se fueron corriendo por el largo pasillo en dirección a la puerta principal. Justo entonces, el sonido de pasos resonó en las escaleras. Era un pelotón de «enfermeras» que sin duda andaba a la caza y captura de los fugitivos.

—Están por todas partes —susurró Jack, y se escondieron detrás de un reloj de pie mientras las «enfermeras» pasaban de largo—. ¡Nunca podremos salir sin que nos vean, señor! —observó.

—Bueno, en ese caso, tal y como aprendí en el campo de entrenamiento... —anunció el anciano— nuestra única esperanza es que nos confundan con ellas.

Jack no estaba seguro de haber entendido lo que el abuelo acababa de decir.

—Se refiere usted a...

—Sí, comandante. Tenemos que disfrazarnos de enfermeras.

45

Pelucas y maquillaje

Cuando salieron del vestuario, Jack y su abuelo se habían convertido en un par de estrafalarias enfermeras. El chico era mucho más enclenque que cualquier enfermera de la residencia, y el abuelo no había tenido tiempo de afeitarse el hirsuto bigote.

El vestuario quedaba en la parte trasera de la residencia de ancianos, y en él encontraron una larga barra de la que colgaban incontables uniformes de enfermera. Jack y el abuelo cogieron un par a toda prisa y se los pusieron por encima de la ropa. Al fondo del vestuario había un espejo de cuerpo entero y una mesa sobre la que descansaba una amplia colección de pelucas y una gran caja con productos de maquillaje que los dos fugitivos usaron para completar el disfraz. El abuelo se había convertido en una rubia explosiva y su nieto en una sensual morena.

El chico tenía razón; era evidente que todas las enfermeras eran hombres que se hacían pasar por mujeres. Si algo estaba claro, era que Torres Tenebrosas no era una residencia normal y corriente. Cada vez resultaba más extraña.

Mientras correteaban por el pasillo, un grupo de «enfermeras» los alcanzó por detrás, abriéndose paso a empujones. Seguramente se dirigían a la puerta principal. El abuelo sugirió por señas a Jack que se unieran al

grupo. Su única escapatoria consistía en mezclarse con las enfermeras y hacerse pasar por dos de ellas. Rezaron para que nadie les diera el alto mientras avanzaban por aquel laberinto de largos pasillos en busca de la libertad.

Cuando las «enfermeras» se acercaban a la puerta

principal, Jack y el abuelo se pegaron más al grupo y lo siguieron de cerca. Pero justo cuando estaban a punto de salir a la noche oscura, una voz gritó:

—¡ALTO!

Todas las enfermeras dieron media vuelta y vieron a la directora plantada en el pasillo, blandiendo su pistola eléctrica trucada y escoltada por las enfermeras Margarita y Hortensia. Estas volvían a llevar peluca, pero con las prisas se las habían puesto del revés, y se veían más ridículas incluso que antes. La directora se acercó a su ejército de «enfermeras» despacio, dándose golpecitos en la palma de la mano con su instrumento de tortura.

Jack y el abuelo se escabulleron hasta la parte de atrás del grupo para que no los viera.

—Al parecer, nuestros residentes han escapado. De momento. Pero los dos cabecillas de la fuga siguen en **Torres Tenebrosas**. Estoy segura de ello —anunció la señorita Gorrina—. Lo noto en los huesos. Y no deben escapar bajo ninguna circunstancia.

—¡Sí, directora! —contestaron las enfermeras al unísono con unos vozarrones que las delataban.

—Formad parejas y registrad hasta el último rincón del edificio. No descansaréis hasta dar con ellos, ¡y como no los encontréis, os dispararé con la pistola eléctrica! —amenazó a gritos.

—¡S-s-sí, directora! —contestaron las «enferme-ras». Pese a ser hombretones de pelo en pecho, saltaba a la vista que vivían aterrados por su jefa, quien siguió impartiendo órdenes a las tropas con gran autoridad:

—Enfermeras Tulipa y Azucena, registrad los dor-mitorios.

—¡Sí, directora! —contestaron al unísono, y se fueron a grandes zancadas hacia la escalera.

—Enfermeras Violeta y Amapola, vosotras regis-traréis esta planta, incluido el salón y la cocina, sin olvidar ningún rincón.

—¡Sí, directora! —contestó la segunda pareja, y se marchó a toda prisa.

—Enfermeras Margarita y Violeta.

—¡Sí, directora! —respondieron estas a la vez.

—Vosotras dos registraréis el sótano.

—¡Pero a mí la oscuridad me da miedo! —protes-tó la enfermera Margarita.

En el rostro de la señorita Gorrina se dibujó una mueca de fastidio. No estaba acostumbrada a que le llevaran la contraria. Se dio un fuerte palmetazo en la mano con la pistola eléctrica.

—¡Harás lo que yo diga!

—¡Sí, directora! —contestó la «enfermera», que, temblando de miedo, se marchó con su compañera.

En ese momento la directora se quedó a solas en el pasillo con el último par de «enfermeras» que había entrado a trabajar en la residencia, que no eran otros que Jack y su abuelo.

—En cuanto a vosotras... —La señorita Gorrina los miraba fijamente. Ya no tenían dónde esconderse.

El chico se había puesto de puntillas para intentar parecer más alto, mientras que el anciano se tapaba el mostacho con la mano, fingiendo que tosía.

—No recuerdo haberos visto antes. ¿Quiénes sois? —preguntó la señorita Gorrina.

Jack impostó la voz para contestar:

—Enfermeras, directora.

—¿Cómo os llamáis?

Si no se les ocurría algo enseguida, la directora los descubriría.

—¡Enfermera Petunia! —contestó Jack.

—Y enfermera Graham —dijo el abuelo, olvidando que debía elegir un nombre de flor.

Jack le dio un suave codazo.

—¡Quería decir Gardenia!

La directora se acercó a ambos despacio. Abuelo y nieto agacharon la cabeza de forma instintiva para evitar que los reconociera, pero solo consiguieron aumentar las sospechas de la mujer. Sin dejar de darse golpecitos en la mano con la pistola eléctrica, la directora se fue acercando cada vez más.

—Aparta la mano de la cara —le susurró al anciano.

El abuelo fingió un nuevo ataque de tos.

—¡Creo que he pescado un buen resfriado!

La directora hincó sus largas y afiladas uñas en la mano del abuelo y se la apartó del rostro con brusquedad, dejando al descubierto el inconfundible mostacho de la RAF.

—Es que hoy no me he acordado de depilármelo —se excusó el abuelo.

Ni que decir tiene que no convenció a la directora. Con gran parsimonia, alzó la pistola eléctrica y la acercó al rostro del anciano. Una chispa eléctrica salió por el extremo del arma.

El abuelo tragó saliva, aterrado.

¡GLUPS!

46

Bigote chamuscado

—¡Perdonen! Necesito hacer una visita al excusado —anunció la señora Torrija en ese preciso instante, entrando por la puerta principal a espaldas de Jack y del abuelo. Al parecer, en lugar de saltar al otro lado del muro y escapar con los demás ancianos, había dado media vuelta y regresado a Torres Tenebrosas en busca del baño. Aquello no formaba parte del plan, pero resultó ser una excelente maniobra de diversión que llegaba justo cuando Jack y su abuelo más la necesitaban.

La señorita Gorrina volvió la cabeza hacia la señora Torrija, que entraba tan campante por la puerta de la residencia. Con la pistola eléctrica de la directora a escasos

centímetros de su cara, el abuelo aprovechó la oportunidad y le aferró la muñeca. Por unos instantes, se quedaron los dos atrapados en un pulso silencioso. La mujer era mucho más fuerte de lo que el abuelo había imaginado, y la punta de la pistola eléctrica se acercaba cada vez más a su cara, hasta que de pronto soltó una descarga.

¡ZAS!

Y le chamuscó un lado del bigote.

El fuego dio paso a una delgada voluta de humo gris que se elevó ante los ojos del abuelo. El anciano dirigió la mirada hacia su labio superior, donde hasta entonces había lucido un magnífico mostacho. De uno de los lados no quedaba más que una punta ennegrecida, como una salchicha que alguien hubiese dejado en la barbacoa durante un siglo. Entonces la punta ennegrecida se desmigajó y cayó al suelo convertida en polvillo.

Desde que era joven, el abuelo se enorgullecía de ir siempre de punta en blanco, aunque fuera disfrazado de enfermera. Pero ni la chaqueta cruzada con relucientes botones dorados, ni la corbata de la RAF, ni los pantalones grises recién planchados significaban nada si no llevaba las guías del bigote perfectamente rizadas.

Que le quemaran parte de su bigote era para el anciano la peor de las humillaciones. La furia que sintió en ese momento le dio una fuerza casi sobrehumana, y obligó a la mujer a volver el brazo en su propia dirección.

—¡Comandante, coja ese orinal, deprisa! —ordenó el abuelo.

Jack cogió el orinal de porcelana del suelo, y estaba tan confuso que fue a ofrecérselo a la señora Torrija.

—Gracias, tesoro —dijo la anciana—. ¡No es lo ideal, pero si no me falla la puntería, creo que servirá!

—¡No, comandante! ¡Úselo para golpear al Kommandant!

La directora se dio la vuelta en el preciso instante en que el chico levantaba el orinal y lo estrellaba contra su cabeza.

¡CRAC!

El orinal se hizo añicos.

—¡Vaya, muchas gracias! —protestó la señora Torrija—. Ahora que ya lo tenía...

Se volvieron los tres hacia la malvada mujer, que ahora yacía en la alfombra, despatarrada como una estrella de mar.

—¡No hay tiempo que perder! —exclamó el abuelo.

—¿Al menos puedo ir a

290

hacer pipí, POR FAVOR? —preguntó la señora Torrija.

—¡Repórtese, Torrija! —le ordenó el abuelo—. ¡Eso tendrá que esperar!

—¡A mi edad no se puede esperar! —exclamó la anciana, enfurruñada—. ¡Cuando la vejiga avisa, hay que hacerle caso! ¡Y ahora haga el favor de escoltarme hasta el lavabo! Lo tenía por un caballero...

—¡Y lo soy! —replicó el abuelo, aunque la mujer estaba poniendo a prueba su caballerosidad.

—¿Y entonces por qué va vestido así? —preguntó la anciana.

—¡Porque forma parte de nuestro plan de fuga! —replicó él, malhumorado—. Señora mía, no hay tiempo que perder, cójase usted de mi brazo.

—Gracias, teniente coronel. Mi pobre... mmm... ¿cómo decirlo de un modo elegante? —preguntó, señalando sus posaderas.

—¿Retaguardia? —aventuró el abuelo.

—¡No! —protestó la señora Torrija.

—¡Culo! —sugirió el chico con descaro.

—¡NO! —repitió la señora Torrija, que para entonces estaba que echaba humo—. ¡Soy una dama! ¡Iba a decir «pompis»! Mi pobre pompis me duele horrores por culpa de la caída. Apenas puedo caminar.

Tomándola del brazo con cortesía, el abuelo acompañó a la vieja dama por el largo pasillo y, doblando una esquina, la guio hasta el cuarto de baño más cercano.

—¡Oh, qué caballero! ¡Me siento como una quinceañera en su primer baile en sociedad! —exclamó la señora Torrija, poniéndose colorada.

—¡Comandante! —llamó el abuelo.

—¿Sí, señor?

—¡No le quite ojo al Kommandant!

—¡Sí, señor! —contestó el chico con una sonrisa. Aunque seguía temblando a causa de los nervios, estaba bastante orgulloso de haber dejado sin sentido a la malvada señorita Gorrina.

Jack observó su rostro con detenimiento. Aquellos ojillos redondos y aquella nariz respingona le resultaban extrañamente familiares. Pero antes de que pudiera atar cabos la señorita Gorrina empezó a recobrar el conocimiento. El orinal la había dejado fuera de combate durante un rato, pero ahora empezaba a volver en sí. Primero movió los dedos, y luego parpadeó.

El chico sintió verdadero **pánico**.

47

El meneíto

—¡Teniente coronel! —gritó Jack, asomándose al pasillo, sin poder evitar que se le quebrara la voz de miedo.

—¿Qué ocurre, comandante? —contestó el abuelo.

—¡El Kommandant está empezando a despertarse, señor!

Lo siguiente que oyó Jack fue al abuelo llamando a la puerta del lavabo.

TOC TOC.

—¿Quiere hacer el favor de darse prisa, Torrija?

—¡Nunca hay que atosigar a una dama cuando está en el lavabo! —protestó la señora Torrija desde dentro.

—¡Se lo ruego, señora! —replicó el abuelo.

—¡Llevo mucho rato esperando este momento y no pienso dejar que nada me lo estropee!

Justo entonces, el chico se dio cuenta de que las

extremidades de la directora también volvían a la vida.

—¡Señor! —llamó, desesperado.

El anciano intentó una vez más meter prisa a la señora Torrija.

TOC TOC TOC.

—¡Ya está! —contestó la mujer al fin desde el otro lado de la puerta del lavabo—. Vaya, qué típico... ¡No hay papel! ¿Sería usted tan amable de traérmelo? ¡Y que sea de doble capa, por favor, no soporto el otro!

—No hay tiempo, Torrija.

El abuelo intentaba ser cortés, pero a juzgar por su tono de voz la mujer empezaba a sacarlo de quicio.

—¿Y qué espera que haga? —protestó la señora Torrija.

—¡Un meneíto y listos! ¡Eso es lo que hacemos los hombres!

Hubo un breve silencio, y luego la señora Torrija anunció en tono dicharachero:

—¡Vaya, gracias! Ha sido coser y cantar.

El chico se volvió y vio a los dos ancianos doblar la esquina y reaparecer al fin. Entonces el abuelo gritó:

—¡CUIDADO, comandante!

Jack giró sobre sus talones. La directora trataba

de levantarse y alargaba la pistola eléctrica en su dirección.

—¡CORRA! —gritó el abuelo.

La señorita Gorrina empuñaba el arma como si fuera una espada que escupía rayos eléctricos e intentó atacar a Jack. Las chispas volaron hasta las gruesas cortinas de terciopelo que había a su espalda y les prendieron fuego. Ahora las llamas subían hacia el techo.

48

¡Llamaradas!

Huyendo del fuego, Jack retrocedió hacia el pasillo, donde se reunió con el abuelo y la señora Torrija. Juntos, echaron a correr. La directora los seguía a trompicones, y su silueta se recortaba contra el resplandor de las llamas, que se extendían deprisa y no tardaron en darle alcance.

—*¡SOCORRO!* —gritó la señorita Gorrina, sofocada de calor.

El incendio se propagaba a gran velocidad, devorando cuanto encontraba a su paso. Las llamas se deslizaron por el pasillo y adelantaron a la mujer, que en un visto y no visto quedó atrapada por una cortina de fuego.

—Cuide de Torrija, viejo amigo —ordenó el abuelo—. ¡Yo debo salvar al Kommandant!

—¡¿Qué?! —Jack no daba crédito a sus oídos.

—Ya sé que es el enemigo, pero como oficial y caballero que soy tengo el deber de salvarlo. ¡Es una cuestión de honor!

Dicho lo cual, el anciano se protegió el rostro de las llamas con el brazo y avanzó con gran valentía hacia la señorita Gorrina.

—¡Kommandant! —dijo—. ¡Deme la mano!

El abuelo le tendió el brazo a través de las llamas.

La señorita Gorrina alargó la mano, cogió la del abuelo con fuerza y le dedicó una sonrisa malvada.

—¡Ahora verás, viejo chalado! —gritó mientras alzaba la pistola eléctrica.

—¡CUIDADO! —chilló Jack.

¡ZAS!

Demasiado tarde.

La señorita Gorrina había atizado al abuelo en la cabeza con la pistola eléctrica y lo había dejado tirado en el suelo, inconsciente.

—¡Nooo! —gritó el chico.

49

Un calor infernal

Una sonrisa desquiciada iluminó el rostro de la señorita Gorrina. Todo indicaba que se disponía a rematar al abuelo. Sin embargo, cuando volvió a blandir la pistola eléctrica en el aire, lo hizo con tanto ímpetu que resbaló sobre los tacones y perdió el equilibrio. Cayó hacia atrás entre alaridos y las llamas no tardaron en envolverla.

—¡¡¡AAAAAAAAAAAAAAAAAAAAAAA
AAAAAAAAAAAYYYYYYYYY!!!

Jack se precipitó hacia delante y se llevó a su pobre abuelo a rastras, alejándolo del fuego.

La única manera de salir del edificio era por la puerta principal, pero el incendio se lo impedía. El chico sabía que la puerta trasera de Torres Tenebrosas estaba tapiada y que todas las ventanas tenían barrotes. La residencia se había convertido en una trampa mortal.

Gruesas nubes de humo negro se extendían ahora por el pasillo. Allí dentro hacía un calor infernal.

Jack respiró hondo. Tenía que buscar un modo de salir de Torres Tenebrosas, y deprisa. Ahora eran dos los ancianos a su cargo: el abuelo, que seguía sin volver en sí, y una señora con aires de gran dama que empezaba a sacarlo de sus casillas.

Encajando los tobillos del abuelo en las axilas, lo arrastró hasta donde había dejado a la señora Torrija, esperándolo a salvo de las llamas.

—¡Válganos Dios —dijo la anciana—, esto está que arde!

—¡Ayúdeme! —suplicó el chico—. ¡Coja una pierna!

Por una vez, la señora Torrija hizo lo que le ordenaban.

—¿Puedo saber dónde nos dirigimos?

—¡Donde sea, con tal de salir de aquí! —contestó el chico a gritos.

Juntos, arrastraron al abuelo por el pasillo y subieron un interminable tramo de escaleras.

Avanzaban con dificultad, y a cada paso que daban la cabeza del pobre anciano rebotaba en el suelo.

—¡Ay! ¡Ay! ¡Ay! —gimoteaba el hombre a intervalos regulares.

La buena noticia era que el traqueteo lo estaba espabilando, y para cuando llegaron a la primera planta había vuelto a abrir los ojos.

—¿Se encuentra usted bien, señor? —preguntó el chico, agachándose junto a él.

CLONC
CLONC
CLONC

—Sí, aparte de un chichón enorme en la cabeza. La próxima vez que quiera salvar al Kommandant, ¡haga el favor de impedírmelo!

—¡Será un placer, señor! —contestó Jack, quitándose el uniforme de enfermera, bajo el que llevaba puesta su ropa.

—Perdona —dijo la señora Torrija, dándole unos toquecitos en el hombro—, pero ¿cómo propones que salgamos de este horrible lugar?

—¡Aún no lo sé! —replicó el chico con cara de pocos amigos. Jack repasó mentalmente todas las habitaciones de Torres Tenebrosas que había visto la primera vez que había trepado por el bajante, varias noches atrás. De pronto, tuvo una idea tan descabellada que hasta era posible que funcionara.

—¿Señor, aún tiene los patines que le traje el otro día? —preguntó al abuelo.

—Sí —replicó el anciano, intrigado, mientras se levantaba y se quitaba el uniforme de enfermera.

—¿Podría ir a buscarlos? —preguntó el chico en tono apremiante.

—Por supuesto. Están en el dormitorio. Los escondí debajo del colchón.

—¡Pues vaya enseguida, señor! ¡Y traiga también el cordel! Una cosa más: ¿sabe usted dónde queda el despacho de la direct... quiero decir, del Kommandant?

—Por supuesto.

—Hay unos documentos... mmm... ultrasecretos de los nazis apilados sobre el escritorio, ¡cójalos todos! Nos veremos en la habitación que queda al final de este rellano —concluyó Jack, señalando en esa dirección.

—¡Entendido!

Mientras el abuelo salía disparado, la señora Torrija miró a Jack con cara de asombro.

—Hijo mío, no creo que sea el momento de ponerse a patinetear... patinear... ¡patiloquesea!

—Se dice patinar —corrigió el chico.

—¡Eso es lo que he dicho! —refunfuñó la señora Torrija.

—¡No, tengo una idea mejor! ¡Sígame!

Jack guio a la vieja dama hasta la última puerta del pasillo, donde comprobó que aquella habitación era tal como la recordaba: la más siniestra de Torres Tenebrosas.

La habitación de los ataúdes.

—¡Santo cielo! —exclamó la anciana, que se quedó sin aliento al ver todos aquellos ataúdes colocados en hileras—. Siempre he sospechado que esa insoportable arpía de la directora y sus horribles enfermeras estaban esperando a que nos muriéramos. ¡Ya sé que soy mayor, pero aún no estoy lista para irme al otro barrio!

El chico cerró la puerta a su espalda para evitar que el humo se colara en la habitación y luego se acercó a la señora Torrija. La mujer tenía los ojos llenos de lágrimas, y Jack le puso una mano en el hombro para tranquilizarla.

—Saldremos de esta, señora Torrija. Se lo prometo —susurró el chico.

En ese instante la puerta se abrió de sopetón. Era el abuelo, que regresaba todo orgulloso. Traía los patines, un rollo de cordel y una pila de testamentos que había sacado del despacho de la directora. El anciano se cuadró ante el chico, y este le devolvió el saludo. Solo cuando apartó la vista de su nieto, se fijó en los ataúdes.

—Por el amor de Dios, comandante, ¿qué demonios hacemos aquí? —preguntó.

Jack trató de poner sus pensamientos en orden.

—Raj me dijo una vez que la única manera de salir de Torres Tenebrosas es dentro de un ataúd.

—No lo entiendo —replicó la anciana.

—¡Desembuche de una vez, hombre! —ordenó el abuelo.

—Bueno, creo que Raj tenía razón. Así saldremos nosotros de aquí. Dentro de uno de estos ataúdes...

50

El «ataudrineo»

—¡Esto es inadmisible! —protestó la señora Torrija, haciéndose la ofendida.

—Con el debido respeto, señora, ¡creo que el comandante sabe lo que hace! —replicó el abuelo.

—¡Gracias, señor! —dijo el chico—. Con un poco de suerte, un ataúd de estos impulsado a toda velocidad debería protegernos de las llamas el tiempo suficiente para salir del edificio. Solo tenemos que buscar el de mayor tamaño y atar los patines a la base con el cordel.

La señora Torrija volvió a refunfuñar —era bastante dada al refunfuño—, pero se unió a la búsqueda. Trabajando en equipo, no tardaron en dar con el más grande de cuantos había en la habitación. Luego, le ataron los patines a la parte inferior tan deprisa como pudieron. A continuación, levantaron el féretro de su soporte y lo dejaron en el suelo.

Jack lo hizo rodar hacia delante y hacia atrás, y el abuelo sonrió. El chico había aprovechado bien sus enseñanzas. Aquel era un plan brillante.

Nada más abrir la puerta, Jack notó el sofocante calor del incendio. Una densa humareda negra flotaba en el aire. Los tres fugitivos sacaron el ataúd al rellano. Cuando alcanzaron la escalera, vieron que allá abajo se alzaba una inmensa cortina de fuego que parecía ansiosa por engullirlos. El tiempo se agotaba.

—¿Señora Torrija? —empezó Jack.

—Dime, tesoro.

—Túmbese usted primero en el ataúd, por favor.

—¡Esto es simplemente inadmisible! —protestó la mujer, pero hizo lo que le decían y se subió como pudo al artefacto. Jack, que sujetaba la pesada tapa del ataúd debajo del brazo, siguió impartiendo órdenes:

—Allá vamos, teniente coronel, ¡a toda máquina, por favor!

—¡Entendido! —contestó el abuelo.

Los dos héroes accidentales echaron a correr, uno a cada lado del ataúd rodante, tratando de coger todo el impulso que podían.

Era como si el ataúd fuera un trineo.

Una ataúd trineo.
Un «ataudrineo».

Justo cuando estaban a punto de precipitarse escaleras abajo, abuelo y nieto saltaron al interior del bólido y se colocaron detrás de la señora Torrija. Primero Jack, y luego el abuelo. La anciana chilló de pánico mientras el «ataudrineo» bajaba los peldaños a trompicones, cogiendo cada vez más velocidad...

— **¡Aaaah!**
— **¡Aaaaaaah!**

... y yendo derecho hacia las llamaradas. Jack los cubrió con la tapa del ataúd y la sujetó con fuerza desde dentro.

El interior del «ataudrineo» estaba oscuro como boca

¡CLONC!

¡CLONC!

de lobo. Mientras el bólido avanzaba a trancas y barrancas, primero escaleras abajo y luego por los pasillos de la planta inferior, los tres fugitivos notaron una súbita oleada de intenso calor.

¡Aquello era un auténtico INFIERNO!

Por unos instantes, se sintieron como tres trozos de carne achicharrándose en el horno.

Hasta que de repente...

¡CATAPLÁN!

El «ataudrineo» se empotró contra la puerta principal y se la llevó por delante.

¡BUUM!

El plan de Jack había funcionado a las mil maravillas.

¡HURRA!

De pronto, el sonido de las ruedas de los patines cambió por completo. El crujido que ahora oían significaba que circulaban por el sendero de grava del patio. ¡Lo habían conseguido!

El «ataudrineo» se detuvo con brusquedad. El chico levantó la tapa y nada más hacerlo se dio cuenta de que el ataúd —que originalmente era de color marrón— se había vuelto negro a causa del hollín.

Jack se apeó de un salto. Luego ayudó al abuelo y finalmente a la señora Torrija a salir del bólido.

La verja de Torres Tenebrosas seguía cerrada, así que el chico guio a los dos ancianos a través del jardín, en dirección a las ramas colgantes del sauce llorón. Una vez allí, los ayudó a ellos primero y luego trepó él también. Encaramados a una rama del árbol, Jack y su abuelo se volvieron para contemplar por última vez Torres Tenebrosas. Habían escapado por los pelos.

El edificio era pasto de las llamas. Las ventanas estallaban en mil pedazos y el fuego asomaba por los huecos resultantes, lamiendo los muros externos. Hasta el tejado había empezado a arder.

Justo antes de que se dieran media vuelta para marcharse, Jack le dijo al abuelo:

—Enhorabuena, señor. ¡Lo ha conseguido!

El anciano se volvió hacia él y contestó:

—No. ¡Lo HEMOS conseguido!

A lo lejos, Jack vio a todas las «enfermeras» huyendo campo a través. En cuanto a la señorita Gorrina, no había ni rastro de ella. ¿Se habría quedado atrapada en el edificio en llamas, o se las habría arreglado para escapar?

Algo le decía que sus caminos volverían a cruzarse.

51

Un profundo suspiro de amor

Montados sobre el triciclo del chico, los tres fugitivos parecían estar ensayando un número de circo. El vehículo estaba diseñado para un niño pequeño, no para un muchacho y dos ancianos. Tras probar varias posibilidades, se las arreglaron para encaramarse los tres al triciclo. Jack iba sentado en el asiento, pedaleando, la señora Torrija apoyaba sus posaderas en el manillar y el abuelo iba de pie sobre el eje de las ruedas traseras.

Con la voluminosa señora Torrija delante, Jack no veía nada. El pobre chico tenía el inmenso trasero de la mujer pegado a su cara, por lo que se limitaba a seguir las indicaciones que el abuelo le iba dando a grito pelado según bajaban a trompicones por la carretera secundaria que los llevaría al centro del pueblo.

—¡Giro de cuarenta grados a la derecha! ¡Furgoneta de reparto de leche avanzando en dirección contraria a las tres en punto!

El plan era ir derechos a la comisaría. Gracias al fajo de testamentos falsificados (también conocidos como «documentos ultrasecretos de los nazis») que el abuelo había robado, todos conocerían al fin la cruel realidad detrás de Torres Tenebrosas y la malvada mujer que dirigía la residencia, aunque nunca la encontraran. Si las «enfermeras» caían en manos de la policía, también ellas se enfrentarían a una vida tras las rejas por los delitos que habían cometido.

El triciclo avanzaba a duras penas, sobre todo cuesta arriba, y para cuando llegaron a la comisaría local ya pasaba de la medianoche. La ciudad estaba completamente desierta. Después del percance que el abuelo y él habían tenido con los agentes del orden, Jack decidió que debería ser la señora Torrija quien entrara y presentara la pila de pruebas ante la policía o, como decía el abuelo, entregara los planes secretos del enemigo a los servicios de inteligencia británicos.

—¡Adiós, señora Torrija! —dijo Jack. Por más

que la mujer lo sacara de sus casillas, la echaría de menos.

—Adiós, jovencito —contestó la anciana—. Ha sido una noche inolvidable. No creo que pueda volver a bailar «Giselle», pero gracias.

—Adiós, Torrija —se despidió el abuelo.

—Hasta la vista, teniente coronel —contestó ella, toda coqueta.

Entonces cerró los ojos y sacó los morros, como si esperara un largo y apasionado beso. El abuelo parecía un poco cortado.

Finalmente le plantó un tímido beso en la mejilla, pero fue cuanto bastó para que la mujer soltara un profundo suspiro de amor. Saltaba a la vista que estaba coladita por el héroe de guerra.

Mientras la veían entrar en la comisaría, Jack se volvió hacia el abuelo.

—Bueno, señor, es muy tarde. Será mejor que lo acompañe a casa.

—¡Ni hablar del peluquín, comandante! —replicó el abuelo, y solo de pensarlo le entró la risa.

—¿Qué quiere decir? —preguntó el chico.

—¡Que nones, que ni lo sueñe! ¡Por si lo ha olvidado, comandante, seguimos estando en guerra!

—Pero...

—La Luftwaffe podría lanzar otra ofensiva en cualquier momento. Debo regresar a mi unidad cuanto antes.

—¿No cree que por lo menos debería dormir un poco, señor? ¿Echar una cabezadita? —sugirió Jack, desesperado.

—¿Dónde está su espíritu aventurero? ¡Debemos volver a la base y sacar mi Spitfire del hangar!

—¿Qué?

El abuelo contempló las nubes que cubrían el cielo esa mañana.

El chico siguió su mirada.

—¡Tenemos que despegar cuanto antes! —exclamó el anciano.

52

Como un cencerro

No.

Era imposible.

El Spitfire estaba en Londres, a kilómetros de distancia, colgado del techo del Museo de Guerra Imperial. Era una reliquia y no había volado desde hacía muchos años. ¡A saber si seguiría funcionando!

Jack tenía que sacarse otro plan de la manga si quería evitar que el abuelo cometiera una locura.

—Teniente coronel...

—¿Sí, comandante?

—Deje que lo consulte por teléfono con el teniente general del Aire.

Ante la mirada del abuelo, el chico abrió la puerta de la cabina telefónica que había delante de la comisaría. Como es de suponer, Jack no tenía ni idea de cuál era número del teniente general del Aire, pero engañó al abuelo llamando al servicio de información horaria, cuyo número era fácil de retener: 123.

Con la puerta de la cabina abierta de par en par para que el anciano lo oyera, se dispuso a mantener una conversación imaginaria con el máximo responsable de la RAF. En 1940.

—¡Buenos días, teniente general! Comandante Bandera al aparato. Sí, ya sé que es muy tarde, ¡o muy temprano, según se mire, ja, ja! —El chico nunca había participado en las funciones teatrales de la escuela, pero se esforzaba por sonar convincente.

Al otro lado de la línea, una voz pregrabada decía:

«Al oír la terce-
ra señal acústica,
serán las dos en
punto de la maña-
na. ¡Bip, bip, bip!».

El abuelo lo ob-
servaba desde fue-
ra, muy impresio-
nado al ver que el
joven piloto tenía
tanta confianza con
su superior que has-
ta se permitía bro-
mear con él.

—Me acompaña el teniente coronel Bandera. Sí, señor. Eso es, el más valiente de nuestros pilotos.

El anciano estaba que no cabía en sí de orgullo.

—¡Tengo que darle una noticia maravillosa, teniente general! —continuó Jack—. ¡El teniente coronel ha escapado del castillo de Colditz! Sí, por supuesto, ha sido una evasión de las que pasarán a la posteridad. El teniente coronel no descansó hasta sacar de ese maldito agujero a todos y cada uno de los soldados, marineros y aviadores británicos. ¿Cómo dice, señor? ¿Que el teniente coronel necesita reposo para que pueda recuperarse? ¿Que se tome un más que merecido descanso?

De pronto, la expresión del abuelo cambió por completo. No le gustaba ni un pelo el rumbo que estaba tomando la conversación.

—Entiendo, señor, es una orden. No se preocupe, teniente general, yo mismo se lo comunicaré —dijo Jack, hablando con el servicio de información horaria—. ¿Y dice usted que el teniente coronel debería dedicarse un poco a la jardinería? ¿A leer un buen libro? ¿A hacer un pastel, incluso?

El abuelo no era de los que pasan sus últimos días haciendo pasteles.

—¡Líbreme Dios! ¡Estamos en guerra! ¡Debo

volver a mi Spitfire cuanto antes! ¡El deber me llama! ¡Déjeme hablar con el teniente general!

De buenas a primeras, el abuelo le arrebató el auricular a Jack.

—¿Señor? Teniente coronel Bandera al habla.

«Al oír la tercera señal acústica, serán las dos y un minuto de la mañana», dijo una voz al otro lado de la línea.

—¿Cómo dice, teniente general? ¡Sé muy bien qué hora es! No hace falta que me lo repita una y otra vez. ¿Señor? ¿Señor?

El anciano parecía muy confuso. Colgó el teléfono y luego se volvió hacia Jack.

—¡Siento comunicarle que el teniente general está como un cencerro! ¡No paraba de decirme la hora!

—¡Deje que lo llame otra vez! —suplicó Jack.

—¡Ni hablar! No hay tiempo para eso. ¡Lo que tenemos que hacer es volar Hasta el cielo y más allá!

53

Días de gloria

Jack se las arregló para convencer al abuelo de que antes de volar «hasta el cielo y más allá» tenían que detenerse a reponer fuerzas. Era muy temprano, y el chico sabía que solo encontrarían una tienda abierta a esa hora: el quiosco de Raj. A decir verdad, esperaba que el quiosquero consiguiera convencer al abuelo de que no siguiera adelante con su descabellado plan.

¡TILÍN!

Seguía siendo muy temprano, pero Raj ya estaba detrás del mostrador, clasificando una pila de diarios para repartirlos, como hacía todos los días a esa hora.

—¡Señor Pandero! ¡Ha vuelto usted! —exclamó el quiosquero, sin dar crédito a lo que estaba viendo. Tras haber presenciado cómo la se-

ñorita Gorrina, nada menos, se encargaba de llevar al anciano a Torres Tenebrosas en su coche, se había convencido de que no volvería a verlo pronto.

—¡Así es, *char wallah*! ¡He escapado de los *kartoffeln*! —anunció el anciano.

—¿De los qué? —preguntó Raj.

—¡Se refiere a los nazis! —intervino el chico, y luego añadió en susurros—: El abuelo cree que aún estamos en guerra, ¿recuerdas?

—Ah, sí, por supuesto —mustió el quiosquero.

—¡Tráenos unas pocas raciones, *char wallah*! Y date brío. Tenemos que estar de vuelta en mi Spitfire antes de que amanezca.

Raj miró rápidamente al chico en busca de una reacción. Jack meneó la cabeza con disimulo, y el quiosquero entendió que quería hablar con él en privado.

—¡Sírvase usted mismo, señor! —dijo Raj al anciano, que empezó a curiosear por la tienda en busca de algo que llevarse a la boca—. Si es que encuentra comida, claro está. Anoche la tía Dhriti se las arregló para echar la puerta abajo y engulló todo lo que encontró a su paso. ¡No escaparon ni los libros para colorear!

El chico comprobó que su abuelo no alcanzaba a oírlos antes de hablar.

—Acabamos de escapar de Torres Tenebrosas.

—¿Aquello es tan malo como dicen?

—Peor. Mucho peor. El abuelo creía que estaba en el castillo de Colditz, y no andaba muy desencaminado. ¡Pero ahora se le ha metido en la cabeza volar a los mandos del Spitfire!

—¿Te refieres al del museo?

—¡Sí! ¡Es de locos! Lo que pasa es que ya no sé qué decirle, Raj. ¿Podrías hablar tú con él e intentar que entre en razón, por favor?

Por un momento, Raj dio la impresión de estar sumido en sus pensamientos.

—Tu abuelo fue un gran héroe de guerra. Aquellos fueron sus días de gloria.

—Sí, sí, lo sé —concedió el chico—. Pero...

En ese momento, mientras el anciano mordisqueaba una tableta de chocolate medio comida que había encontrado en el suelo, Raj alzó un dedo en el aire.

—¡Pero, pero, pero! ¿Por qué siempre tiene que haber un pero?

—Pero...

—¡Y otro! Jack, tu abuelo es muy mayor. Sabes que apenas tiene noción de la realidad, y que cada día está peor. La enfermedad le está destruyendo la mente.

Los ojos de Jack se humedecieron. Raj le pasó un brazo sobre los hombros.

—No es justo —dijo el chico, tragándose las lágrimas—. ¿Por qué tenía que pasarle a mi abuelo?

Raj podía ser muy sabio cuando se lo proponía.

—Jack, lo único que lo mantiene con vida es tenerte a su lado.

—¿A mí? —preguntó el chico. No entendía nada.

—¡Sí, a ti! Siempre que está contigo, tu abuelo vuelve a vivir sus días de gloria.

—Supongo que sí.

—Yo sé que es así. Escucha, ya sé que es de locos, pero a veces está bien cometer alguna que otra locura. ¿Por qué no concederle ese último capricho al viejo héroe de guerra?

Jack se secó los ojos con la manga. Miró a Raj y asintió en silencio. A decir verdad, ahora que había probado el sabor de la aventura, él también quería más. Había jugado a ser un aviador con el abuelo muchas veces. Noche tras noche, se había dormido soñando que lo era.

Y ahora tenía la oportunidad de convertir ese sueño en realidad.

—¡Teniente coronel! —llamó el chico.

—¿Sí, comandante? —contestó el abuelo, que ni se había percatado de la pequeña charla que el chico había mantenido con Raj.

—¡Ha llegado el momento de despegar!

54

Una carrera al sol

Poco después, iban los tres en la vieja y destartalada motocicleta de Raj, recorriendo las calles a toda velocidad en dirección al Museo de Guerra Imperial. Cuanto más deprisa avanzaban, más traqueteaba la motocicleta con un ruido ensordecedor. Jack, que iba apretujado entre Raj y el abuelo, temía que aquel montón de chatarra se cayera a trozos por el camino.

Le estaban echando una carrera al sol, que empezaba a asomar por el horizonte. Creían que, si llegaban al museo antes de que amaneciera, sería mucho más fácil robar el Spitfire, pues podrían aprovechar la oscuridad para pasar inadvertidos. Además, con un poco de suerte, el gorila que trabajaba como guardia de seguridad aún no habría empezado su turno.

Era tan pronto que no había un alma en la calle. Durante la hora que tardaron en llegar al museo, solo se cruzaron con un puñado de coches, un par de camiones y un autobús vacío. El mundo seguía durmiendo.

Raj dejó a Jack y al abuelo a las puertas del Museo de Guerra Imperial, desierto a no ser por una bandada de palomas encaramadas en el tejado.

—Suerte allá arriba, teniente coronel —dijo el quiosquero, cuadrándose ante el abuelo.

—Gracias, *char wallah* —contestó el abuelo.

—Mucha suerte, comandante en jefe —añadió Raj, volviéndose hacia el chico.

—Gracias, Raj..., quiero decir, *char wallah*.

—¡Buen viaje, caballeros! Ah, por cierto, no aceptaré que me pague esa tableta de chocolate medio comida que ha encontrado usted en el suelo de mi tienda.

—Muy amable por su parte —contestó el abuelo.

Finalmente, Raj aceleró a fondo y se fue traqueteando calle abajo en su motocicleta.

Así que tras escapar de un edificio fuertemente custodiado, Jack y su abuelo se disponían a colarse en otro. Al estar repleto de objetos históricos de valor incalculable, el museo disponía de un sofisticado sistema de

seguridad. Un rápido vistazo a los alrededores del edificio vino a confirmar las sospechas de Jack. Todas las ventanas y puertas estaban cerradas con llave. La otra vez, el abuelo había entrado como si tal cosa por la puerta principal porque el museo estaba abierto al público, pero en esta ocasión no lo tendrían tan fácil.

Para cuando acabaron de rodear el edificio, apenas les quedaban esperanzas de acceder a su interior.

—¡Algún mentecato ha tenido la ocurrencia de cerrar las puertas del hangar! —masculló el abuelo.

Jack miró hacia la parte alta del edificio. Arriba, más allá de las columnas romanas que presidían la fachada, se alzaba una gran cúpula verde. A lo largo de su base había varias claraboyas redondas. Parecían ojos de buey de un barco. La de delante estaba un poco entreabierta. Tal vez pudieran forzarla. Pero ¿cómo se las arreglarían para llegar hasta allá arriba?

Mientras Jack le daba vueltas al asunto, se apoyó en uno de los dos enormes cañones que apuntaban al cielo con orgullo desde los jardines del museo. Y...

—Teniente coronel... —¡Tenía un plan!

—¿Sí, viejo amigo?

—Si fuera posible dar la vuelta a los cañones para que apuntaran al museo, podríamos trepar por ellos hasta alcanzar esa ventana de ahí arriba.

El doble cañón se apoyaba en una gran base metálica. Uniendo sus fuerzas, abuelo y nieto intentaron desplazarla, pero era imposible.

Sin embargo, buscando a tientas alrededor de la base, Jack descubrió que estaba sujeta al suelo mediante unos tornillos de gran tamaño.

—¡Suerte que aún llevo encima el cucharón! —exclamó. Era el mismo que había robado del comedor escolar y que no había tenido ocasión de dar a su abuelo.

—¡Podemos usarlo como destornillador! —dijo el anciano.

Con el mango del cucharón, el hombre aflojó los tornillos en menos que canta un gallo.

Luego, apoyando los hombros contra la base de los cañones, empujaron con todas sus fuerzas. No fue fácil, pero por fin los cañones apuntaban al museo.

Jack se encaramó a uno mientras el abuelo se subía con dificultad al otro. Ambos abrieron los brazos en cruz para no perder el equilibrio mientras avanzaban pasito a paso hacia la boca de los cañones. El chico se dio cuenta de que era mejor no mirar hacia abajo, porque estaban a una distancia vertiginosa del suelo.

Al cabo de un rato, Jack y el abuelo alcanzaron el tejado del museo. Al ver la bandera del Reino Unido ondeando allá arriba, el abuelo se cuadró con aire solemne y el chico no pudo evitar hacer lo mismo.

El tejado estaba cubierto de caca de paloma y era muy resbaladizo, sobre todo si uno llevaba puestas zapatillas de estar por casa.

—¡Por aquí, señor! —dijo el chico, señalando la pequeña claraboya redonda que alguien había dejado ligeramente entornada. Pese a tener los dedos pequeños, Jack se las vio y deseó para introducirlos en la delgada rendija y hacer presión, pero al final logró abrir la ventana.

—¡Buen trabajo, comandante! —lo felicitó el abuelo.

El anciano aupó al chico para que se introdujera por el hueco de la ventana, y luego Jack le tendió la mano a él para ayudarlo a entrar. Acababan de colarse en el Museo de Guerra Imperial.

—¡TOMA YA! —exclamó Jack, sin poder reprimir su alegría.

Ahora solo les quedaba **robar el Spitfire.**

55

Conducir un carro de combate

Jack y su abuelo bajaron a toda prisa las escaleras que conducían al gran salón del museo, donde estaban los aviones suspendidos del techo.

Desde la última visita de los Bandera, el museo había reparado los aviones de combate, incluido el Spitfire, que volvía a lucir en todo su esplendor.

En la pared había un cabrestante, y Jack y el abuelo le dieron a la manivela con la intención de descolgar el caza lo antes posible.

En una vitrina cercana había varios maniquíes que mostraban cómo se vestían los pilotos de la RAF para entrar en combate. Improvisando sobre la marcha, abuelo y nieto arrastraron hasta la vitrina un viejo cañón de la Primera Guerra Mundial y lo usaron para romper el cristal.

Como si hubiesen recibido la orden de despegar enseguida, corrieron a ponerse el equipo de vuelo.

El chico se detuvo a contemplar su reflejo en la vitrina de al lado.

GAFAS - A PUNTO

CASCO - A PUNTO

MONO DE AVIADOR - A PUNTO

PAÑUELO - A PUNTO

CAZADORA DE CUERO MARRÓN - A PUNTO

BOTAS - A PUNTO

GUANTES - A PUNTO

PARACAÍDAS - A PUNTO

Llevaban puestos los trajes de aviador.

El Spitfire estaba en el suelo, listo para el despegue.

Pero entre tanta emoción se habían olvidado de algo.

Algo importante.

—Teniente coronel...

—¿Sí, comandante?

—¿Cómo vamos a sacar el avión de aquí?

El anciano miró a su alrededor, un tanto perplejo.

—¡El majadero que diseñó este hangar se olvidó de las puertas!

De pronto, Jack se sintió como si un globo se hubiese desinflado en su interior. Entrar en el museo no había sido fácil, pero salir con el Spitfire parecía una tarea imposible.

Al otro lado del salón se exponía un carro de combate. Era un tanque Mark V de fabricación británica, verde militar, que se desplazaba sobre dos inmensas orugas mecánicas. Era tan grande y pesado que daba la impresión de poder echar abajo un muro de hormigón.

De pronto, Jack tuvo una idea.

—¿Sabe usted conducir un carro de combate, señor? —preguntó.

—Pues no, ¡pero no creo que sea muy difícil!

El abuelo no era de los que se rinden fácilmente.

¡CRAC!

Fueron a toda prisa hacia el carro de combate, treparon hasta la parte de arriba y abrieron la escotilla por la que se accedía a su interior. Cuando se dejaron caer en la estrecha cabina de mando, encontraron un sinfín de pedales y palancas cuyas funciones eran un misterio para ellos.

—Probemos con algunos de estos —sugirió el abuelo.

Tras arrancar el motor, el anciano bajó una palanca al azar y el carro de combate empezó a recular a gran velocidad.

—¡Frene! —gritó Jack.

Demasiado tarde. La tienda de regalos del Museo de Guerra Imperial quedó hecha añicos.

Presa del pánico, el chico tiró de la palanca que tenía más a mano y el viejo tanque arrancó hacia delante a todo gas.

¡CATAPLÚN!

El carro de combate echó abajo el muro del museo con pasmosa facilidad.

Ahora que por fin habían aprendido a manejar el Mark V, abuelo y nieto lo hicieron retroceder y avanzar varias veces para asegurarse de que el boquete era lo bastante grande para las alas del Spitfire.

¡PUMBA! ¡Crac! ¡CATAPLÁN!

Luego se apearon a trompicones del carro de combate y volvieron corriendo al Spitfire. Se subieron al ala de un salto y se metieron en la cabina de mando. Como casi todos los aviones de combate de la Segunda Guerra Mundial, el Spitfire era un monoplaza, por lo que el chico tuvo que sentarse en el regazo del abuelo.

—Qué bien se está aquí dentro, ¿verdad, comandante? —dijo el anciano.

Por primera vez en su vida, Jack estaba sentado a los mandos de un auténtico Spitfire. Su sueño se estaba haciendo realidad.

Después de tantos años jugando a los pilotos con el abuelo, comprobó que el interior del avión era tal como se lo había descrito el anciano.

Había un tablero de mandos desde el que se controlaban la velocidad y la altitud.

Debajo de estos había una brújula.

Las miras de las ametralladoras estaban, por supuesto, a la altura de los ojos. Entre las rodillas del chico quedaba la palanca de mando, en cuyo extremo se encontraba el botón más emocionante de todos, pues era el que servía para abrir fuego con las ametralladoras.

El abuelo empezó a repasar una serie de puntos.

—¿Seguro de cubierta? ¡Echado!

»¿Hélice? ¡Al ralentí!

»¿Batería? ¡Encendida!

»¿Alerones?

»¿Sistema de navegación?

»¿Mandos de vuelo? ¡A punto!

»¿Combustible? ¡¿Combustible?! ¡¡Depósito vacío!!

Jack miró el indicador del nivel de combustible. En efecto, no quedaba ni gota. Allí estaban, listos para el despegue y sin poder echar a volar.

—Quédese aquí, comandante —dijo el abuelo.

—¿Qué va a hacer? —preguntó el chico.

—¡Uno de los dos tendrá que bajarse y empujar!

56

¡Hasta los topes!

El chico se quedó en el asiento del piloto, a los mandos del avión, mientras el abuelo empujaba con todas sus fuerzas para sacarlo del museo. Por suerte, la mayor parte del trayecto era cuesta abajo.

Los dos pilotos iban en busca de una gasolinera, pues tenían que llenar el depósito de combustible si querían despegar.

Afortunadamente, no tardaron en dar con una un poco más abajo, siguiendo la calle del museo.

La encargada de la gasolinera se los quedó mirando con la boca abierta mientras el caza de la Segunda Guerra Mundial se detenía junto a los surtidores de combustible.

Desde la cabina de mando, Jack preguntó a gritos:

—¿Está usted seguro de que el Spitfire funciona con gasolina normal para coches, teniente coronel?

—¡Al pobre no le gustará ni un pelo, comandan-

te! —contestó el abuelo—. Seguramente refunfuñará un poco, pero no nos dejará en la estacada.

Ni que decir tiene que un avión necesita bastante más combustible que un coche.

El chico miraba la pantallita del surtidor, cada vez más nervioso, mientras el importe de la gasolina pasaba de cien libras a doscientas, y luego a trescientas, y a cuatrocientas.

—¿Lleva usted algo de dinero encima, señor? —preguntó Jack.

—No, ¿y usted?

Cuando por fin el abuelo consideró que el depósito debía de estar lleno hasta los topes, iban ya por 999 libras esterlinas, y el anciano pensó que, ya puestos, bien podían redondearlo hasta las 1.000 libras. Pero se le fue un poquito la mano y el precio subió a 1.000,01 libras esterlinas.

—¡Cáspitas! —exclamó el abuelo.

—¿Cómo vamos a pagar la gasolina?

—Le diré a la cajera que estamos en misión oficial de la RAF. Mientras dure la guerra, podemos requisar todo el combustible que necesitemos.

—¡Le deseo mucha suerte, señor!

El anciano no captó el sarcasmo en las palabras de Jack y se fue a grandes zancadas hacia la ventanilla de pago.

En ese momento, un pequeño coche amarillo se detuvo frente al surtidor contiguo. Desde la cabina de mando del avión, Jack vio que el enorme y peludo guardia de seguridad del Museo de Guerra Imperial iba sentado al volante. El hombretón llevaba puesto el uniforme, y seguramente iba de camino al trabajo.

—¡Abuelo! ¡Quiero decir, teniente coronel! —gritó el chico.

—Perdone, señora —dijo el anciano, y se volvió hacia su nieto arqueando las cejas—. ¿Qué ocurre ahora, comandante?

—¡Será mejor que vuelva usted ahora mismo!

El guardia de seguridad acababa de apearse del coche y se disponía a encararse con el chico.

—¡Eh, tú!

—¡Acaban de llamar por radio, señor! —mintió el chico a la desesperada—. ¡Tenemos que despegar cuanto antes!

El abuelo regresó corriendo al avión mientras le daba instrucciones a grito pelado.

—¡No se hable más! ¡Arranque el motor!

Gracias a todas las simulaciones de vuelo que había hecho en el piso del abuelo, Jack sabía exactamente qué botón debía pulsar. Cuarenta años después, el avión de combate volvió a la vida con un leve temblor.

—¿Qué demonios creéis que estáis haciendo? —vociferó el guardia de seguridad para hacerse oír por encima del rugido del motor.

—¡Empiece a rodar por la pista! —ordenó el abuelo mientras cruzaba la gasolinera corriendo.

—¡SEÑORA, LLAME A LA POLICÍA! —bramó el guardia de seguridad.

Mientras el Spitfire empezaba a avanzar hacia la calle, el abuelo corrió tras él y se subió al ala de un salto.

En un primer momento, el fornido guardia de seguridad se propuso perseguirlos a pie, pero al poco sintió flato y volvió cojeando a su coche.

El Spitfire circulaba ahora a cierta velocidad calle abajo, mientras el abuelo se desplazaba con cuidado sobre el ala para acceder a la cabina de mando.

Jack acababa de estudiar el código de circulación en la escuela, y al ver que el semáforo se ponía rojo, pisó a fondo el pedal del freno.

El minicoche amarillo se detuvo al lado del avión y el guardia de seguridad se puso a chillarles, fuera de sí.

Jack no sabía qué hacer, así que se limitó a sonreírle y decirle adiós con la mano.

—¿Por qué se para usted, comandante? —gritó el abuelo. ¡VAMOS! ¡VAMOS! ¡VAMOS!

El anciano se las arregló para entrar en la cabina, cerró la cubierta transparente, se sentó a los mandos y el avión arrancó con estruendo. El Spitfire se abría paso por la principal calle al sur del río Támesis.

Los coches avanzaban a toda velocidad en dirección contraria. Como si lo hubieran retado a un juego mortal, el abuelo iba esquivando los vehículos que se le echaban encima, uno tras otro.

Pese al ruido del motor, Jack oyó sirenas. Primero a lo lejos, luego cada vez más cerca.

¡Niiinooo! ¡Niiinooo!

El chico miró hacia atrás y vio que una flota de coches patrulla les pisaba los talones.

—¡El Spitfire necesita un buen trecho de pista recta para despegar! —dijo el abuelo. Pero en el centro de Londres no abundaban las calles rectas.

Jack miró a su derecha. Más calles. Luego miró a su izquierda y vio el puente de Waterloo, que justo entonces entraba en su campo de visión.

—¡A la izquierda, teniente coronel!

—¡Entendido!

El avión giró a la izquierda y enfiló el puente a toda pastilla, como si fuera una pista de despegue.

Mientras el Spitfire cogía velocidad, Jack vio que varios coches de la policía se acercaban desde el otro extremo del puente, tratando de impedirles el paso.

—¡Cuidado, señor!

El abuelo pisó a fondo el acelerador mientras los coches patrulla se alineaban en una improvisada barrera. Si el Spitfire no despegaba enseguida, se los llevaría por delante con un ¡CLONC, CRAC, CATAPLÁN!

57

¡POR LOS PELOS!

¡FIUUUU!

El chico experimentó una inmensa sensación de alivio al darse cuenta de que su abuelo y él estaban volando.

—¡Hasta el cielo y más allá! —gritó el anciano.

—¡Hasta el cielo y más allá! —repitió Jack.

Las ruedas traseras del tren de aterrizaje del Spitfire rozaron uno de los coches patrulla del puente, lo que hizo que se tambalearan un poco, pero estaban a salvo.

Ahora iban derechos hacia el histórico Hotel Savoy, pero el abuelo tiró de la palanca de mando hacia atrás y el avión cambió de rumbo bruscamente, saliendo dis-

¡ZUUUM!

parado hacia arriba. El anciano no pudo evitar presumir de su pericia ante los policías que los miraban desde el suelo y les dedicó la famosa «pirueta de la victoria».

Se trataba de una acrobacia aérea que se parecía bastante a lo que hacen las orcas cuando saltan por encima de las olas solo para demostrar su superioridad sobre cualquier otro ser vivo.

Así era el Spitfire, el mejor avión de combate de todos los tiempos. Y sentado a los mandos iba uno de los mejores pilotos de la RAF de todos los tiempos.

En las manos del abuelo, el viejo avión parecía un coche de carreras recién salido de la fábrica, moviéndose con una agilidad asombrosa. El abuelo pasó tan cerca de la catedral de St. Paul que Jack se quedó sin aliento. Luego sobrevoló el río Támesis a toda velocidad, dejando atrás el buque de guerra *HMS Belfast*, y siguió hacia el puente de Londres. Justo cuando las dos plataformas del puente se abrían, el abuelo aceleró y el Spitfire pasó zumbando entre ambas.

Por primera vez en su corta vida, Jack se sintió verdaderamente vivo. Se sintió libre.

—Todo suyo, comandante —dijo el abuelo.

El chico no podía creérselo. ¡Le estaba cediendo los mandos!

—¿Está usted seguro, teniente coronel?

—¡Afirmativo!

Dicho lo cual, el anciano apartó las manos de la palanca de mando y el chico la cogió con fuerza. Comprobó entonces que, tal como le había enseñado el abuelo, el avión obedecía al más sutil de sus movimientos. Jack quería tocar el cielo. Tiró de la palanca de mando hacia atrás y el Spitfire subió hacia las alturas. Atravesaron las nubes y de pronto allí estaba el sol, una pelota de fuego incandescente que iluminaba el cielo. Estaban solos al fin, volando sobre un mar de nubes. Londres quedaba muy abajo, y por encima de ellos no había más que aire.

—¡Señor, quiero rizar el rizo!

—¡Afirmativo!

Entonces el chico tiró de la palanca bruscamente hacia él y el avión dibujó un arco en el cielo. ¡Ahora estaban boca abajo! Jack pensó que en ese instante no había nada en el mundo entero más importante para él. Comparados con aquello, todo el pasado y todo el futuro carecían de significado.

Sin apartar las manos de la palanca de mando, enderezó el avión. ¿Habrían pasado segundos, minutos?

Nada importaba. Nada más importaba. Nada que hubiese pasado hasta entonces importaba. Nada que fuera a pasar después importaba. Lo único que importaba era el AQUÍ y el AHORA.

En su memoria quedaron grabados todos los detalles de ese instante. La presión que lo mantenía pegado al asiento. El sonido del motor. El olor a gasolina.

El Spitfire enderezó el rumbo y pasó rasando las nubes, yendo derecho hacia el sol.

Entonces, en medio del resplandor rojizo que se extendía ante sus ojos, los pilotos distinguieron a lo lejos dos misteriosos puntos negros. La luz era tan cegadora que al principio no pudieron identificarlos, pero avanzaban a toda velocidad en su dirección.

58

¡No nos rendiremos jamás!

A medida que los puntos negros se iban acercando, el chico reconoció dos Harrier Jump, la versión moderna de los aviones de combate, que pasaron zumbando a gran velocidad, dejando atrás al Spitfire.

Jack estaba asustado. ¿Para qué habían enviado hasta allí dos aviones militares? ¿Para derribarlos? Los Harrier volaban tan cerca que parecían lanzarles algún tipo de advertencia. Al mirar hacia atrás, comprobó que daban media vuelta. En escasos segundos les habían dado alcance y se habían puesto a volar en paralelo al Spitfire, situándose a ambos lados de este, tan cerca que las alas de los Harrier casi rozaban las del viejo caza. Los pilotos llevaban cascos con visera negra, por lo que no se les veían los ojos, y tenían la boca tapada por mascarillas. Parecían más robots que personas.

—¡Vaya con los *kartoffeln*! —exclamó el abuelo.

Jack miró a la izquierda, luego a la derecha. Los

pilotos les indicaban por señas que descendieran.

—Señor, nos ordenan que aterricemos —dijo el chico a gritos.

—¿Qué dijo Churchill, comandante?

Gracias a la asignatura de Historia, Jack sabía que Winston Churchill, primer ministro británico durante la Segunda Guerra Mundial, había dejado unas cuantas frases para el recuerdo, pero no tenía forma de saber a cuál se refería el abuelo concretamente.

—¿«Nunca tantos debieron tanto a tan pocos»?

—No.

—¿«Lucharemos en las playas»?

—No.

Jack se devanó los sesos.

—¿«No puedo prometeros más que sangre, esfuerzo, lágrimas y sudor»?

—No, esa tampoco —replicó el abuelo, cada vez más impaciente—. Churchill dijo recientemente algo sobre la necesidad de no rendirse. No recuerdo cuáles fueron sus palabras exactas, ¡pero estoy seguro de que venía a decir que nunca debemos darnos por vencidos!

—¿«No nos rendiremos jamás»? —aventuró el chico.

—¡Eso es! Y yo no pienso hacerlo...

El chico tragó saliva.

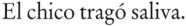

59

Pura poesía

El anciano tiró de la palanca de mando y el Spitfire salió disparado como un cohete hacia las alturas. Sorprendidos, los pilotos de los Harrier dudaron unos segundos antes de darles persecución. La hélice de madera del Spitfire no debería ser rival para un moderno avión de reacción, pero, con el abuelo a los mandos, el viejo caza se las arregló para esquivar una y otra vez a los Harrier. Acusaba el paso del tiempo, claro está, y a ratos parecía resoplar de cansancio, pero el vuelo del Spitfire era pura poesía.

De pronto, uno de los Harrier que los perseguía disparó un misil que pasó zumbando a escasa distancia del Spitfire y explotó en el aire.

Que un avión de combate no identificado sobrevolara el centro de Londres suponía un enorme peli-

¡BUM!

Estaba claro que era una simple advertencia. De haber querido, los Harrier habrían derribado al Spitfire en un abrir y cerrar de ojos. Sin embargo, Jack estaba muerto de miedo.

gro para la seguridad nacional. Era evidente que los Harrier habían recibido la orden de perseguirlos y obligarlos a aterrizar.

En ese momento, una voz resonó a través del radiotransmisor del Spitfire.

—Les habla el Líder Rojo del escuadrón Harrier. Spitfire, están ustedes volando en espacio aéreo restringido. Deben aterrizar enseguida. ¡Cambio!

—¡No nos rendiremos jamás! ¡Cambio!

—No deseamos hacerles daño, pero tenemos órdenes de disparar si no acatan la orden. ¡Cambio!

—¡Cambio y fuera! —zanjó el anciano antes de apagar el radiotransmisor.

60

A través de una bola de fuego

Jack y el abuelo oyeron el estruendo de otro misil a sus espaldas. El anciano puso el avión completamente de lado y el cohete pasó rozando el vientre del Spitfire.

¡BUUM!

El segundo misil explotó justo delante del morro del Spitfire. Jack cerró los ojos mientras el avión pasaba a través de una bola de fuego.

—¡Debe hacer lo que dicen! —gritó para hacerse oír por encima del ensordecedor ruido de la explosión.

—Prefiero morir aquí arriba como un héroe antes que rendirme y vivir como un esclavo allá abajo.

—¡PERO...!

—¡Será mejor que se lance usted en paracaídas, comandante! —gritó el anciano en medio del estruendo.

—¡No pienso abandonarte, abuelo!

—¿Abuelo? —De pronto, pareció confuso.

—Sí, abuelo. Soy yo, Jack... Tu nieto.

—¿Que tú eres mi... nieto?

—Eso es.

—¿Jack? —preguntó el anciano.

Por unos instantes, el abuelo pareció regresar al presente.

—Sí, Jack.

—Mi maravilloso nieto. ¡Jack, no puedo dejar que te hagan daño! Debes lanzarte en paracaídas ahora mismo.

—¡No quiero dejarte! —gritó el chico.

—Pero yo sí debo dejarte.

—¡Por favor, abuelo, no quiero que mueras!

—Te quiero, Jack.

—Yo también te quiero, abuelo.

—Mientras me quieras, nunca moriré.

Dicho esto, el anciano puso el avión boca abajo, abrió la cubierta y tiró con fuerza del cordón que activaba el paracaídas del chico.

—¡Hasta el cielo y más allá! —gritó el abuelo mientras se llevaba la mano a la sien para saludar por última vez a su nieto.

61

De vuelta a la Tierra

El paracaídas se abrió enseguida, apartando a Jack de la trayectoria del avión. Los dos Harrier pasaron zumbando por encima de su cabeza mientras el Spitfire ascendía a una velocidad de vértigo.

Jack no apartó los ojos del cielo durante todo el descenso. Al poco, el Spitfire no era más que una diminuta y lejana mota negra, y no tardó en desaparecer por completo.

—Hasta el cielo y más allá... —musitó el chico para sus adentros mientras las lágrimas rodaban por su rostro.

Cuando miró hacia abajo, la ciudad de Londres apareció ante sus ojos. Desde allá arriba, la ajetreada metrópoli transmitía una gran sensación de paz. El río, los parques, los tejados de sus imponentes edifi-

cios, todo parecía meticulosamente ordenado, como la cuadrícula de un tablero de juego.

Una tarde soleada, en el piso del abuelo, Jack y él habían jugado a lanzarse en paracaídas desde un Spitfire alcanzado por el enemigo, así que pese a no haberlo hecho nunca, el chico sabía exactamente cómo desplazarse por el aire tirando de los cordones del paracaídas para aterrizar sano y salvo, de vuelta a la Tierra.

Jack avistó un amplio espacio despejado allá abajo. Había una gran extensión de césped, por lo que dio por sentado que se trataba de un parque. Maniobró en esa dirección para asegurarse un aterrizaje suave.

BAJÓ..., BAJÓ..., BAJÓ...

... meciéndose en el aire.

No tardó en dejar atrás las copas de los árboles más altos. En el último momento se acordó de flexionar las rodillas y por fin tocó tierra. Rodó sobre el césped recién cortado y se quedó allí tumbado, sin fuerzas. Por un momento, cerró los ojos. Había sido una noche muy larga.

De pronto, notó el tacto de algo húmedo y cálido en la mejilla. El chico abrió los ojos y vio que había varios perritos a su alrededor, reanimándolo con sus lametones. Al cabo de unos segundos, se dio cuenta de que todos los perros eran de la raza Corgi, la preferida de la familia real británica. Jack se incorporó bruscamente. A lo lejos, vio a una señora de aspecto distinguido, perfectamente ataviada con una falda de *tweed*, una chaqueta guateada y un pañuelo en la cabeza. Cuando la mujer se acercó, Jack supo que ya la había visto antes.

Más concretamente en un sello. Era la reina de Inglaterra. A su espalda se recortaba la inconfundible silueta de su magnífica residencia. El chico había aterrizado en el jardín del palacio de Buckingham.

La reina se lo quedó mirando con curiosidad y dijo:

—¿No eres un poco joven para ser uno de mis pilotos?

CUARTA PARTE

RUMBO A LAS ESTRELLAS

62

Último adiós a un héroe

El funeral del abuelo se celebró una semana después. La iglesia del pueblo estaba abarrotada de gente que deseaba dar su último adiós a quien había sido todo un héroe.

Jack estaba sentado entre sus padres en un banco de la primera fila. El chico sabía que el ataúd expuesto ante ellos estaba vacío. Tanto el Spitfire como el cuerpo del abuelo habían desaparecido sin dejar rastro.

Los pilotos de los Harrier informaron de que habían visto el viejo avión ascender sin parar, adentrándose en la atmósfera de la Tierra, hasta que finalmente había desaparecido de las pantallas de sus radares. Lo habían buscado día y noche, pero en vano.

Una bandera del Reino Unido cubría el féretro, como era habitual en los funerales de los militares. Sobre el ataúd descansaba la medalla más importante que habían concedido al abuelo, la Gran Cruz de la Aviación.

Justo detrás de Jack estaba Raj, que lloraba a moco tendido y se sonaba la nariz con gran estruendo, como si tocara la tuba. Junto a él estaban todos los ancianos a los que Jack y el abuelo habían rescatado de Torres Tenebrosas, incluida la señora Torrija, el capitán y el contraalmirante. Todos ellos estarían eternamente agradecidos al hombre que los había ayudado a escapar: el abuelo.

Lo sucedido en Torres Tenebrosas se había convertido en poco menos que un escándalo nacional. La noticia había copado los titulares de los diarios y los informativos de la televisión. Jack no había querido colgarse ninguna medalla, pero el abuelo se había hecho **famoso**.

La residencia de ancianos se había quemado hasta los cimientos, pero las «enfermeras» seguían campando a sus anchas. Es más, nadie conocía el paradero del cerebro de toda la trama, la malvada directora de Torres Tenebrosas. ¿Habría muerto la señorita Gorrina en el incendio? ¿O estaría ocupada planeando su siguiente **estafa?**

Al otro lado del pasillo de la iglesia se había congregado todo un escuadrón de antiguos pilotos de la Segunda Guerra Mundial. Los viejos compañeros de armas del teniente coronel Bandera asistían a la ceremonia con expresión orgullosa y la espalda tiesa como un palo de escoba. Todos sin excepción lucían alguna clase de bigote, a saber:

A lo Errol
Flynn

De guías
rizadas

Patillas boca
de hacha

De herradura

Imperial

A lo dandi

A lo espadachín

De morsa

Mexicano

Chevron

De cepillo

Francés

Ala de
murciélago

A lo Fu
Manchú

A lo Salvador
Dalí

Todos lucían su uniforme de gala, y en las pecheras brillaban hileras y más hileras de medallas que tintineaban al chocar entre sí.

También estaban presentes todos los alumnos de la clase de Historia de Jack. Habían pedido a la profesora, la señorita Verídica, que les dejara salir más pronto de clase para poder ir a dar el pésame a la familia. Les había encantado la visita del abuelo y nunca olvidarían su apasionante relato de la batalla de Inglaterra. También habían ido hasta allí para ofrecer su apoyo a Jack, claro está.

Al enterarse de que el anciano había sido de veras un héroe de guerra, la señorita Verídica se había sentido muy avergonzada por cómo lo había tratado aquel día en la clase de Historia. Ahora, también ella lloraba la muerte del abuelo. Rodeándola con un brazo para consolarla estaba el guardia de seguridad del Museo de Guerra Imperial. Saltaba a la vista que la llama del amor había prendido entre ambos desde que la señorita Verídica le había hecho el boca a boca.

A espaldas de la pareja, en el último banco de la iglesia, estaban Tonelete y Pocachicha, los calamitosos inspectores de Scotland Yard, que en los últimos días habían llegado a intimar bastante con Jack y sus padres, pues eran los encargados de la investigación policial en torno a Torres Tenebrosas. Conociendo su técnica de interrogación de sospechosos, Jack no albergaba demasiadas esperanzas de que resolvieran el caso. Sin embargo, sabía que su intención era buena y, pese a la pena tan profunda que sentía, se alegró de que hubiesen acudido al funeral del abuelo.

Alguien tocó una melodía en el órgano de la iglesia, y entonces el reverendo Porcino empezó su sermón.

—Queridos amigos, nos hemos reunido aquí hoy para llorar la muerte de un abuelo, un padre y un amigo de muchos de los presentes.

—¡El único hombre al que he amado de verdad! —anunció la señora Torrija de pronto, muy melodramática.

Jack, en cambio, escrutaba al párroco con tal intensidad que dejó de prestar atención a lo que decía. El chico se había dado cuenta de que había en él algo muy sospechoso.

63

Narices rotas

Jack vio que el párroco tenía gruesos pegotes de maquillaje en la cara, como si quisiera tapar algo. No solo eso, sino que mientras hablaba iba mirando al chico por el rabillo del ojo, escudado tras sus gafas de sol. Un reloj de oro con diamantes engastados tintineaba en su muñeca, y cuando se dio cuenta de que Jack lo miraba fijamente, estiró la manga con gesto forzado para ocultarlo. Los relucientes zapatos negros del reverendo Porcino parecían estar hechos de carísima piel de cocodrilo, y todo él desprendía un olor dulzón y empalagoso a champán y puros de esos que cuestan un ojo de la cara. Aquel hombre no era un párroco normal y corriente que se dedicaba a ayudar a los demás. Aquel hombre solo sabía ayudarse a sí mismo.

—Os invito a abrir vuestros misales por la página 124, «Yo prometo, oh, Patria mía».

El reverendo Porcino indicó por señas al organista, un hombretón fornido que llevaba las palabras «AMOR» Y «ODIO» tatuadas en los nudillos, que empezara a tocar. De pronto fue como si todo encajara de golpe, y Jack comprendió que el organista era clavadito a... ¡la enfermera Rosa!

Cuando empezaron a sonar los primeros acordes, todos los presentes se levantaron y se pusieron a cantar.

«Yo prometo, oh, Patria mía, que reinas sobre lo terrenal, darte mi amor sincero y serte fiel hasta el final...»

Mientras todos cantaban, Jack se fijó en los ojos del párroco. Eran pequeños, redondos y brillantes como dos canicas. El chico había visto aquellos ojillos antes.

«Oigo el lamento de la patria desde la otra orilla del mar.

A través del inmenso océano ella me llama sin cesar.»

El cántico seguía sonando, y el chico dirigió la mirada hacia el coro de la iglesia. Cicatrices en la cara, narices rotas, bocas melladas. Ni uno solo de los cantantes del coro se sabía la letra del cántico, sino que se limitaban a tararearlo con sus vozarrones roncos. El que estaba en medio, con un diente de oro, se parecía mucho a... la enfermera Margarita.

«Oigo el fragor de la batalla, tus cañones al retumbar, y acudo raudo a tu lado como un hijo vuelve al hogar.»

Jack observó con disimulo al ayudante del párroco, el sacristán, situado al fondo del altar. Lucía una larga sotana negra, lo que no tenía nada de extraño, pero su cráneo rapado y la telaraña que llevaba tatuada en el cuello no casaban demasiado con todo lo demás. El sacristán también le resultaba extrañamente familiar. ¿No sería la enfermera Hortensia?

«Pero hay otra patria cuyos ecos resuenan desde el pasado, la más querida y más grande para quienes la han amado...»

Cuando el cántico tocaba a su fin, Jack tuvo la seguridad de que estaba a punto de resolver el misterio. Los recuerdos se mezclaban en su mente: la señorita Gorrina fumando aquel gran puro, la insistencia con que el párroco les había recomendado *Torres Tenebrosas*, la naricilla respingona que compartía con la directora... Y si todos los ayudantes del párroco —desde el organista hasta los integrantes del coro, pasando por el sacristán— eran las falsas enfermeras de *Torres Tenebrosas*, la banda criminal empeñada en robar los ahorros de toda una vida a los ancianos por cuyo bienestar deberían velar, su cabecilla no podía andar muy lejos.

—Ahora leeré el Salmo 33, «Cantad al señor con alegría» —anunció el reverendo Porcino.

Pero Jack ya no podía más.

—¡DETENGAN EL FUNERAL! —berreó, levantándose de pronto.

64

¡Naranjas de la China!

Interrumpir un funeral así, de buenas a primeras, era algo nunca visto. Ninguno de los presentes en la iglesia daba crédito a lo que veía. De pronto, todas las miradas confluyeron en Jack. Excepto la de algún que otro viejo piloto tuerto cuyo ojo de cristal iba por libre.

—¿A qué viene esto? —vociferó el reverendo Porcino.

—¿Qué demonios estás haciendo, hijo mío? —preguntó el padre de Jack en susurros.

—¡Jack, haz el favor de sentarte y de estarte calladito! —ordenó su madre mientras le tiraba del brazo.

—El párroco... —empezó el chico. Estaba muy nervioso y, por más que lo intentara, no podía evitar que le temblara el dedo con el que señalaba—. El párroco y la directora son... son... son... ¡LA MISMA PERSONA!

¡¿QUÉ?!

En ese instante, cuatrocientas personas se quedaron sin palabras. Excepto quizá el contraalmirante, que estaba sordo como una tapia. Su audífono empezó a pitar con fuerza cuando preguntó a grito pelado:

—¿Qué has dicho, muchacho?

—He dicho —empezó Jack de nuevo, levantando la voz— QUE EL PÁRROCO Y LA DIRECTORA SON LA MISMA PERSONA. ¡ES UN FARSANTE!

—Lo siento, alguien me estaba silbando al oído y no he entendido ni papa —replicó el anciano.

Su amigo el capitán, sentado a su lado, gritó:

—¡HA DICHO QUE EL PÁRROCO ES UN FARSANTE!

—¿UN CANTANTE? —El contraalmirante estaba cada vez más confuso—. ¿Y QUÉ CANTA?

—¡SE LO EXPLICARÉ LUEGO! —chilló el capitán.

—¡No, yo, mmm... este maldito mocoso miente! —protestó el párroco. Tenía la frente empapada en sudor, y la boca tan seca que la lengua le chasqueaba cada vez que intentaba hablar. El hombre se estaba desinflando por momentos, como un globo que va perdiendo el aire.

Mientras tanto, los cantantes

del coro se miraban entre sí, nerviosos. Los habían descubierto.

—¡ÉL NOS OBLIGÓ A FINGIR QUE ÉRAMOS ENFERMERAS DE UNA RESIDENCIA DE ANCIANOS! —soltó la «enfermera Margarita» de pronto.

—¡CERRAD EL PICO! —ordenó el párroco.

—¡LO CONFESARÉ TODO! ¡SOY DEMASIADO GUAPO PARA IR A LA CÁRCEL!

—¡HE DICHO QUE A CALLAR!

Una de las ratas ya había abandonado el barco, y seguro que no sería la única. El chico se sintió envalentonado.

—¡Por lo visto, la «señorita Gorrina» sobrevivió al incendio de Torres Tenebrosas! ¡Y la hemos tenido delante de nuestras narices todo este tiempo!

—¡Yo no he hecho nada! —protestó el reverendo Porcino—. ¡Solo cambié los testamentos para poder donar todo el dinero a los pobres!

—¡Mentira cochina! —gritó el chico.

—¡Naranjas de la China! —añadió Raj.

—¡Se ha gastado todo lo que les robó en champán, puros y coches de lujo! —exclamó Jack.

Al reverendo Porcino lo habían pillado con las manos en la masa o, mejor dicho, en la PASTA.

65

Un ejército de ancianos

El párroco, que seguía plantado en el altar, empezó a hablar en un tono enfadado y resentido.

—¿Y qué pasa si lo he hecho, mocoso? ¿Para qué querían tanto dinero esos estúpidos carcamales?

Huelga decir que este comentario no sentó demasiado bien a los presentes, en su mayoría ancianos. Un murmullo de indignación recorrió la iglesia.

—Todas las semanas, después de la misa dominical, vaciaba el cepillo. Esos miserables vejestorios no dejaban más que calderilla y algún que otro viejo botón. ¿Cómo iba a comprarme una casa de veraneo en Montecarlo con semejante miseria?

—¡POBRECITO, QUÉ PENA ME DA! —lo interrumpió Raj en tono sarcástico.

—¡Cierra el pico! —ordenó el párroco a gritos.

—¡Ooooh, qué miedo! —se burló el quiosquero.

—Así que ideé un plan junto con mis sepultureros. Fundaría mi propia residencia de ancianos y falsificaría los testamentos para que todos esos viejos tontos y decrépitos me nombraran su único HEREDERO...

—¿Le importaría hablar un poco más despacio, si es tan amable? —pidió el inspector Tonelete, que estaba al fondo de la iglesia con un bloc de notas en la mano—. No quisiera dejarme ningún detalle.

El inspector Pocachicha puso los ojos en blanco.

—¡Es usted un hombre despreciable y malvado! —gritó Jack.

—¡Y una mujer! —añadió la señora Torrija.

—¡Eso! —gritó el chico—. ¡Un hombre despreciable y malvado y una mujer despreciable y malvada! ¡Trataba usted a los ancianos con una crueldad inhumana!

—¿Y a quién le importaban esas viejas momias? ¡Estaban todos a punto de estirar la pata!

Ni que decir tiene que este comentario tampoco sentó nada bien a los asistentes.

—¡¿CÓMO SE ATREVE?! —exclamó la señora Torrija.

—¡A POR ÉL! —ordenó el capitán.

—¡A LA CARGA! —gritó el contraalmirante.

Los ancianos que llenaban la iglesia se levantaron y se abalanzaron todos a una sobre el párroco y sus secuaces.

—¡Dejen que la policía se encargue de esto! —gritaba el inspector Pocachicha, pero los antiguos residentes de Torres Tenebrosas no estaban por la labor. Querían VENGANZA. Los impostores pusieron pies en polvorosa, pero los ancianos los persiguieron. Bastones, bolsos, tacatás...; todo les servía como arma. La señora Torrija atizaba al párroco sin pie-dad con un mi-sal. Mientras, el capitán ha-bía arrinco-nado al sacris-tán (tam-bién cono-cido como

«enfermera Hortensia») y lo tenía atrapado entre la pared y el facistol. El contraalmirante, por su parte, había reducido con una llave de cabeza a las «enfermeras» Rosa y Margarita, a las que tenía cogidas por el gaznate mientras los antiguos compañeros del teniente coronel Bandera se turnaban para pegarles en la cabeza con los pesados cojines de oración.

Los alumnos de la clase de Historia de Jack aclamaban a los ancianos.

La banda criminal no tenía nada que hacer frente a un ejército de ancianos.

—Tengo que venir a misa más a menudo —comentó Raj—. ¡No sabía que fuera tan divertido!

66

Adiós

Mientras el caos se desataba en la iglesia, los padres de Jack se volvieron hacia el chico.

—Siento mucho no haberte creído cuando nos lo contaste, Jack —dijo su madre.

—Hay que ser muy valiente para enfrentarse a un malhechor de la talla del párroco, hijo —añadió su padre—. Sé que el abuelo habría estado muy orgulloso de ti.

Al oír sus palabras, el chico sintió ganas de sonreír y llorar al mismo tiempo. Y eso fue justo lo que hizo.

Su madre corrió a abrazarlo. Pese al fuerte tufo a Obispo Apestoso (un queso tan maloliente que hace que se te salten las lágrimas), el chico se sintió mejor.

La batalla entre la banda de forzudos y el ejército de ancianos se había trasladado ahora al cementerio. Los compañeros de clase de Jack los seguían con gran entusiasmo mientras los dos inspectores de policía intentaban en vano restablecer la ley y el orden.

—Debería irme a casa y empezar a preparar sándwiches de queso —dijo la madre de Jack—. Se supone que después del funeral vendrá todo el mundo a casa.

—Tienes razón —concedió el padre de Jack—, y algo me dice que estos ancianos van a tener mucho apetito. Vámonos, hijo.

—Id tirando vosotros —dijo el chico—. Quiero quedarme un momento a solas.

—Ah, claro, lo entiendo —contestó su madre.

—Como quieras, hijo —añadió su padre. Luego cogió la mano de su esposa y salieron juntos de la iglesia.

Ahora no quedaba nadie en el templo, excepto Jack y Raj. El quiosquero puso una mano sobre el hombro del chico.

—Menuda aventura has vivido, joven Pandero.

—Lo sé, pero no podría haberlo hecho sin el abuelo.

El quiosquero sonrió y dijo:

—Y él no podría haberlo hecho sin ti. Te dejaré a solas con él. Supongo que quieres despedirte.

—Sí, gracias.

Fiel a su palabra, Raj dejó al chico a solas en la iglesia, junto al ataúd vacío de su abuelo.

Jack contempló el féretro de madera cubierto por la bandera y le dedicó un último saludo militar.

—Adiós, teniente coro... —empezó, pero se interrumpió a media palabra—. Mejor dicho, adiós, abuelo.

Epílogo

Esa noche, Jack estaba acostado en la cama, ni despierto del todo ni dormido todavía, sino en ese punto intermedio en que la habitación empezaba a desvanecerse para dar paso al mundo de los sueños.

Entonces oyó un ruido familiar al otro lado de la ventana: el zumbido de un avión que surcaba el cielo. Jack abrió los ojos y se bajó sigilosamente de la cama. Para no despertar a sus padres, que dormían en la habitación de al lado, avanzó de puntillas hasta la ventana y apartó las cortinas sin hacer ruido. Allá arriba, recortado sobre la luna plateada, se distinguía la inconfundible silueta de un Spitfire. El avión daba vueltas y más vueltas, encadenando acrobacias como si bailara en el aire. Solo podía haber un hombre a los mandos.

—¡¿Abuelo?! —exclamó Jack.

El Spitfire bajó en pi-

cado y pasó zumbando delante de la ventana de Jack.
En la cabina de mando iba el teniente coronel Bandera. Mientras el reluciente avión de combate pasaba a
toda velocidad, Jack reparó en algo de lo más extraño.
Su abuelo tenía exactamente el mismo aspecto que en
la foto que el chico conservaba junto a la cama. La
foto que le habían sacado en 1940, cuando era un joven piloto que luchaba en la batalla de Inglaterra. El
ZUUUM del Spitfire hizo que las maquetas de aviones de Jack se agitaran. El chico se lo quedó mirando
mientras el avión subía como un cohete hacia el cielo
nocturno hasta perderse de vista.

Jack no se lo contó a nadie. ¿Quién iba a creerle?

La noche siguiente, se metió en la cama con el corazón dando brincos de emoción. ¿Volvería a ver al
abuelo? Cerró los ojos y se concentró con todas sus
fuerzas. Una vez más, en esa tierra de
nadie que queda entre la vigilia y el
sueño, oyó el rugido del Spitfire.
Y una vez más, el avión pasó a
toda velocidad por delante de
su ventana.

A la noche siguiente ocurrió

lo mismo. Y a la siguiente. Noche tras noche, la historia se repetía.

Era tal como había dicho el anciano: mientras Jack lo quisiera, él nunca moriría.

Hoy, Jack es un hombre hecho y derecho, y también es padre de un niño. En cuanto el pequeño tuvo edad suficiente, se lo contó todo sobre las asombrosas aventuras que vivió con su abuelo. Por la noche, cuando llega la hora de ir a dormir, su hijo le pide que le cuente una y otra vez la osada fuga de Torres Tenebrosas, o el robo del Spitfire, o la vez que se lanzó en paracaídas sobre los jardines del palacio de Buckingham. Y cuando el chico está a punto de quedarse dormido, también ve un Spitfire haciendo cabriolas entre las estrellas. Todas las noches pasa como una exhalación delante de su ventana y luego sale disparado...

Hasta el cielo y más allá.

Fin

GLOSARIO

La década de 1940

La década de 1940 estuvo marcada por la Segunda Guerra Mundial y sus repercusiones. Fueron años de grandes cambios y duras pruebas para la toda la población británica. Millones de hombres se alistaron en las Fuerzas Armadas para luchar por su país, y quienes se quedaban en casa debían adaptarse a nuevas reglas y formas de vida impuestas por la guerra. Todos los ciudadanos estaban llamados a poner «su granito de arena», y se les animaba a «remendar y reparar», es decir, a dar una segunda oportunidad a la ropa y los enseres domésticos, en lugar de tirarlos cuando se estropeaban. La guerra llegó a su fin en 1945, pero la vida aún tardó algún tiempo en volver a la normalidad. El racionamiento de ropa se mantuvo hasta 1949 y el país estaba casi en la bancarrota por culpa de las deudas que había acumulado durante la guerra, así que durante esos años las condiciones de vida fueron muy duras.

Segunda Guerra Mundial

La Segunda Guerra Mundial estalló en 1939 y terminó en 1945. Enfrentó a las llamadas potencias del Eje (lideradas por Alemania, Italia y Japón) y los Aliados (principalmente Gran Bretaña, Francia, Estados Unidos, India, China y la Unión Soviética). Curiosamente, la Unión Soviética —compuesta sobre todo por Rusia— empezó luchando al lado de las potencias del Eje. La guerra se declaró en 1939, cuando el ejército alemán invadió Polonia, país que Gran Bretaña y Francia se habían comprometido a proteger, y supuso un cambio drástico en el día a día de los británicos. Más de dos millones de niños fueron evacuados de las ciudades al campo para que estuvieran a salvo de los bombardeos alemanes, que destruyeron muchos hogares. Los alimentos y otros bienes de primera necesidad escaseaban, pues mucha gente abandonó su puesto de trabajo para unirse al esfuerzo de guerra. Los países invadidos por las potencias del Eje sufrieron aún más destrucción y penalidades.

El 6 de junio de 1944, conocido como el «Día D», las fuerzas aliadas desembarcaron en Normandía para liberar Francia, que estaba bajo el control del ejército alemán. Tras esa primera victoria, los soldados aliados siguieron avanzando hasta llegar a Alemania, y la guerra en suelo europeo terminó en mayo de 1945. Los Aliados siguieron enfrentándose a los japoneses en el Pacífico hasta el mes de agosto de ese mismo año. El 2 de septiembre de 1945 se declaró oficialmente la victoria de los Aliados y la Segunda Guerra Mundial llegó a su fin.

Winston Churchill

Winston Churchill es probablemente el líder político más aclamado de la historia de Gran Bretaña. Ocupó el cargo de primer ministro durante la Segunda Guerra Mundial. Tras abandonar los estudios, en los que no destacaba precisamente por sus buenas notas, se hizo soldado y periodista a tiempo parcial antes de dedicarse a la política. Su liderazgo militar fue decisivo en la victoria de los Aliados, y sus conmovedores discursos al pueblo británico, retransmitidos por radio, fueron fundamentales para mantener alta la moral del país. Murió en 1965 a la edad de noventa años, y se le concedió el gran honor de ser enterrado en un funeral de Estado presidido por la reina.

Adolf Hitler

Adolf Hitler era el líder del Partido Nacionalsocialista o Partido Nazi, y en 1933 fue nombrado canciller de Alemania. Nada más llegar al gobierno hizo una serie de cambios para concentrar todo el poder en sus manos y deshacerse de quienes se interpusieran en su camino. Hitler creía en la supremacía absoluta del pueblo alemán, y esta creencia lo llevó a ordenar el asesinato masivo de millones de judíos, gitanos y otros grupos minoritarios. Esta masacre, que se conoce como el Holocausto, sigue siendo uno de los episodios más negros de la historia de la humanidad. Atrapado en su búnker cuando los soldados rusos entraron en Berlín en 1945, Hitler se mató de un disparo.

La Gestapo

Fundada en 1933, la Gestapo era el nombre que recibía la temible policía secreta alemana. Su función era identificar y detener a los enemigos del gobierno de Hitler, y sus miembros tenían poderes especiales para encarcelar a los ciudadanos sin motivo alguno y obligarlos a hablar. Eran famosos por su crueldad extrema.

Racionamiento

En enero de 1940 se decretó el racionamiento de alimentos en Gran Bretaña a fin de garantizar que hubiese suficientes víveres para todos durante la guerra. Para comprar comida, había que usar los cupones de racionamiento que repartía el gobierno además de dinero, para que nadie pudiera comprar más de lo que le tocaba.

En 1940, entre los alimentos racionados se contaban el azúcar, la carne, el té, la mantequilla, el beicon y el queso, pero más tarde se añadieron muchos más a esa lista. Si bien la fruta y la verdura nunca fueron racionadas, eran difíciles de encontrar, y el gobierno animaba a la gente a cultivarlas en sus propios patios y jardines. La gasolina, el jabón e incluso la ropa fueron otros de los bienes racionados durante la guerra.

Castillo de Colditz

El castillo de Colditz se encuentra en Alemania, y fue usado por los nazis como campo de prisioneros de guerra durante la Segunda Guerra Mundial. Se consideraba una «fortaleza inexpugnable», pero lo cierto es que muchos prisioneros intentaron huir de Colditz, ideando sofisticados planes de fuga que implicaban hacer copias de llaves, escapar por las alcantarillas, falsificar documentos de identidad e incluso coserse a un colchón. La mayoría de los intentos de fuga acabó en fracaso, pero cerca de treinta fugitivos lograron alcanzar la libertad.

Operación León Marino

Tras invadir Francia en junio de 1940, Hitler ordenó a su ejército que se preparase para invadir Inglaterra desde el mar. El nombre en clave de su plan era «operación León Marino». Los alemanes sabían que, para que la operación tuviera éxito, primero debían controlar el espacio aéreo de Inglaterra y eliminar la amenaza que suponía la RAF. Eso desencadenó la denominada batalla de Inglaterra.

La batalla de Inglaterra y el *Blitz*

La batalla de Inglaterra empezó en el verano de 1940. Las Fuerzas Aéreas alemanas, conocidas como Luftwaffe, lanzaron una serie de ataques contra Inglaterra, bombardeando objetivos costeros y aeródromos con el fin de destruir las defensas de los ingleses y facilitar así la invasión terrestre. La batalla se convirtió en un legendario pulso entre la Luftwaffe y la RAF. Los alemanes tenían más aviones y pilotos, pero los británicos poseían un sistema de comunicaciones muy eficaz, lo que aportó a la RAF una ventaja crucial.

A finales de agosto, la Luftwaffe, convencida de que la RAF no podría seguir resistiendo mucho más tiempo, concentró sus esfuerzos en bombardear Londres y otras ciudades británicas. Este período de intensos bombardeos recibió el nombre de *Blitz* («relámpago» en alemán). Durante cincuenta y siete noches seguidas, los alemanes bombardearon varias ciudades británicas y miles de personas tuvieron que buscar cobijo en las estaciones del metro y los refugios antiaéreos. Aunque estos bombardeos causaron terribles daños, concedieron a los británicos el tiempo necesario para que sus defensas aéreas se recuperaran.

El 15 de septiembre, la Luftwaffe sufrió un gran número de bajas a manos de la RAF. Los alemanes habían fracasado en su objetivo y la operación León Marino se canceló poco después. Gran Bretaña cosechaba así su primera victoria en la guerra. Aún hoy, los pilotos que lucharon en la batalla de Inglaterra son aclamados como héroes. Si hubiesen perdido, probablemente los nazis habrían invadido Gran Bretaña.

RAF

La Royal Air Force (Real Fuerza Aérea) es el Ejército del Aire británico y se fundó en 1918. La RAF desempeñó un papel fundamental en la Segunda Guerra Mundial, contribuyendo a la victoria de los Aliados, y su campaña más famosa fue la batalla de Inglaterra. En 1940, la edad media de los pilotos de la RAF era de tan solo veinte años.

Luftwaffe

Luftwaffe era el nombre que recibía el Ejército del Aire alemán, que en el verano de 1940 se había convertido en el más poderoso del mundo. Cuando empezó la batalla de Inglaterra, los alemanes contaban con pilotos muy experimentados y estaban convencidos de que derrotarían a los británicos. La Luftwaffe se disolvió en 1946, después de que los alemanes perdieran la Segunda Guerra Mundial.

WAAF (Women's Auxiliary Air Force)

La WAAF era la Fuerza Aérea Auxiliar Femenina y surgió durante la Segunda Guerra Mundial como una unidad de la RAF constituida exclusivamente por mujeres. En su momento de máximo apogeo, contaba con más de ciento ochenta mil efectivos. A las mujeres que formaban parte de la WAAF también se las llamaba de ese modo. Las WAAF no participaban de forma activa en los combates, pero sí en otras tareas de vital importancia, como controlar los radares antiaéreos, izar globos cautivos y descifrar códigos secretos. Las WAAF eran un elemento vital en la planificación de operaciones militares, incluida la batalla de Inglaterra.

«Char Wallah»

Este era el término empleado por los soldados del ejército británico destinados en la India para referirse a los criados autóctonos que les servían el té. En hindi, la palabra *wallah* significa «persona que realiza determinada tarea», mientras que la palabra *char* significa «té», aunque en inglés ha acabado convertida en char. Así que *char wallah* vendría a ser «mozo del té».

Hurricane

El cazabombardero Hurricane es un avión de combate que desempeñó un papel fundamental en la victoria de los Aliados sobre Alemania durante la Segunda Guerra Mundial. Era muy potente, y su capacidad de resistencia era superior a la de todos los demás aviones de combate, aunque no era tan veloz ni manejable como el Spitfire. Después de la guerra, el Hurricane se retiró del servicio militar.

Messerschmitt

El Messerschmitt fue el principal avión de combate usado por la Luftwaffe durante la batalla de Inglaterra. Podía bajar en picado mucho más deprisa que los aviones ingleses. Sin embargo, tenía una autonomía de vuelo mucho más corta (solo treinta minutos), lo que lo obligaba a reponer combustible con más frecuencia. Esto suponía una grave desventaja en combate.

El Spitfire

El Spitfire se diseñó en los años treinta. Era un avión de combate muy sofisticado y versátil, pues sus prestaciones podían mejorarse fácilmente para asumir nuevos retos. Esta flexibilidad, junto con la velocidad y la potencia de fuego, fue la clave de su éxito. El Spitfire era un monoplano (es decir, solo tenía dos alas), estaba diseñado para un solo pasajero y tenía un morro o sección frontal muy grande. La RAF siguió usando el Spitfire para llevar a cabo acciones militares hasta 1954. Aún hoy, sigue siendo el avión de combate británico más legendario que haya volado jamás.